終疆

02 異物都城

御我—著　午零—繪

這樣的【角色介紹】真的沒有問題嗎？

小殺

二十五歲，面癱傭兵。有個很武俠的本名叫做上官辰沙，傭兵團沒有人記得住，於是被取了個暱稱叫做小沙，又因為某個必須在沼澤中長期等待的任務，無聊到和凱恩打賭誰殺的蚊子多，最後大勝五十多蚊，暱稱又變成小殺。

凱恩

二十八歲，白牙燦爛外國人。超愛説中文，甚至樂於學習成語，但因為記憶力沒那麼好，所以總是用錯地方。最喜歡幹的事情是在別人用結結巴巴的英文跟他説話老半天後，回個一長串：吃葡萄不吐葡萄皮不吃葡萄倒吐葡萄籽。

✣靳鳳✣

二十五歲，黑道大姐頭。從小就不知道自己和男人有所不同，還總說自己要娶個長得像自家妹妹那麼可愛的老婆，直到胸部越長越大才發現自己跟男人還真的不同，至於老婆問題，唔，那就娶個像妹妹一樣可愛的老公好了。

目次

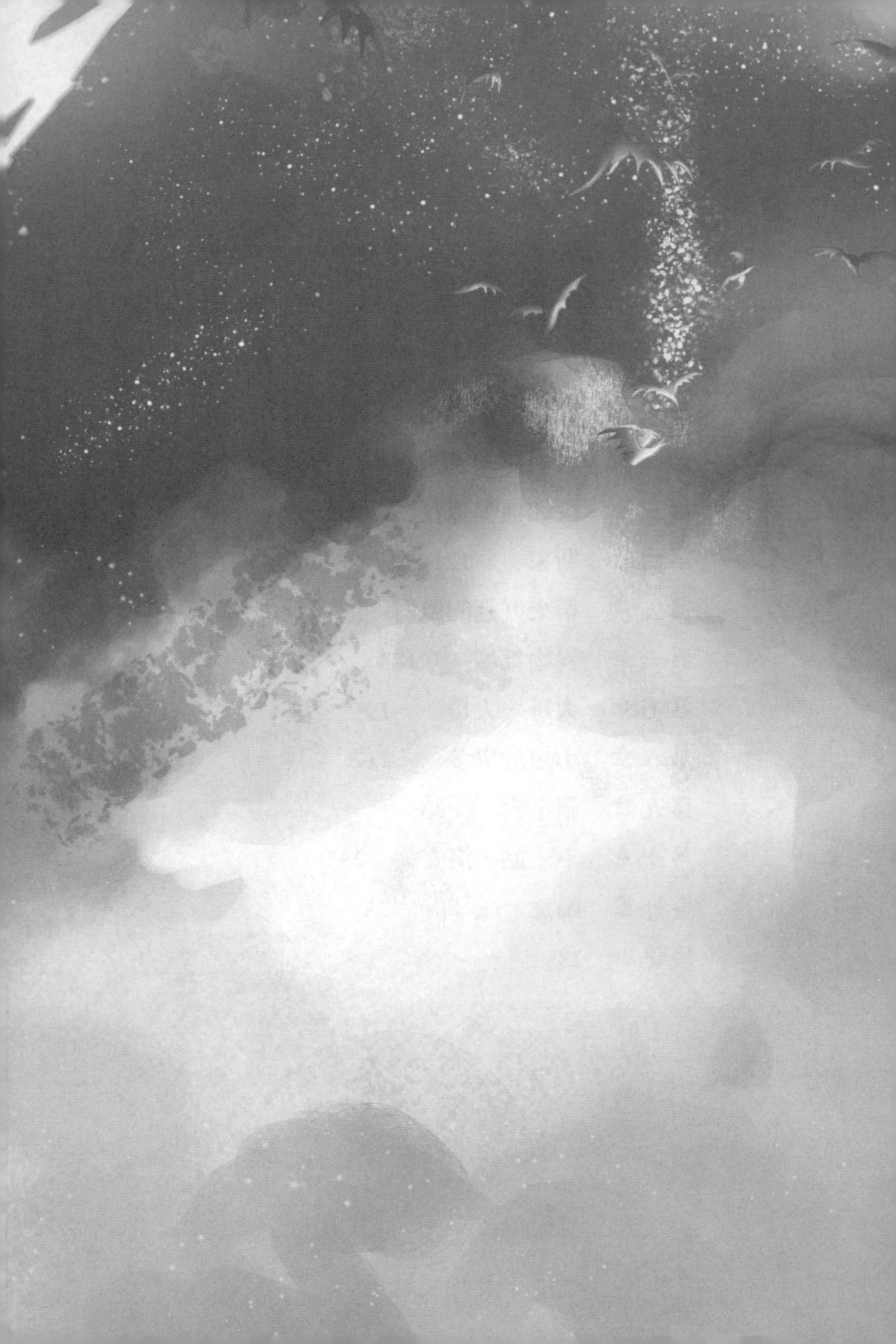

楔子

門後

五隻由人異變而成的犬形異物，這種異物其實頗常見——當然是指上輩子很常見，可能是因為大家最熟悉的動物莫過於寵物狗，所以才有那麼多人異變成犬類。

後來，這種異物也進化發展出一個族群，被稱為犬人，讓人避之唯恐不及，卻不是他們有多強大，而是因為有群聚性，一旦遇見，絕對不是一隻、兩隻的事情，甚至不是十幾二十隻的問題，撞見一、兩百隻都不奇怪！

我也只是聽說過犬人一族，倒是沒遇見，如果那時遇到了，大概會提早變成疆書宇，但話又說回來，如果疆書宇沒被磁磚砸到頭，還會醒過來變成闕薇君嗎？在原本那個世界，疆書宇被打到頭後，到底有沒有醒過來……

「書宇！」

大哥滿是怒意的喊聲讓人猛然驚醒，我沒時間轉頭跟他懺悔，五道黑影已經撲到眼前了。

我的臉色一變，冰棍在地上一撐，身體凌空扭轉一圈，閃過五道撲擊，甚至還踢中一個異物，讓他發出「該」的一聲。

正打算趁勢反擊的時候，突來幾道槍響，我只來得及踹倒一個，其他的卻自行倒地了，仔細一看，異物不是爆了頭，不然就是腦門插著小刀。

「呃！」

我回頭一看，百合正露出尷尬的表情，她擺著開槍的姿勢，又連忙把槍收到背後，好像這樣就可以不被發現是她開的槍。

一旁，小殺沉默不語，相較於百合，他則十分淡然，完全不打算掩飾，反正也沒什麼好辯解的，小刀都插在異物頭上了，罪證確鑿，狡辯也沒用。

大哥冷冷地瞪著兩人。

「我認罪。」百合無奈地舉起雙手投降，「還以為書宇有危險，沒想到他閃得這麼輕鬆。」

「我欠他。」小殺簡潔地說。

大哥瞪完兩人，瞇著眼危險地朝我看過來。

我把冰棍朝地上一插，將那個還在顫抖的異物爆頭，然後跟百合一樣舉雙手投降。「我想到一些『夢中的事情』，所以不小心恍神了。」

大哥怒道：「面對異物，你竟敢恍神？以後不許你單獨一人行動！要是敢偷跑出去，你就等著被上銬關一輩子！」

我低頭懺悔，不用大哥罵都覺得自己實在太沒有警覺心了，要是當初的關薇君敢這樣恍神，不用十年，一年都可以死一千次！

「聽見沒有！」

「聽見了！」我連忙回答，差點忘了現在的大哥不是撒撒嬌就可以蒙混過去。大哥的臉色又黑又沉，難看得要命，讓我七上八下的，連看他一眼都快不敢了，不知該怎麼懺悔才能讓那個臉色別那麼恐怖，大哥你想嚇死親弟弟啊！

鄭行打圓場的說：「書宇畢竟不是傭兵，他才十八歲，能有這種表現已經不錯了，老大你別太心急。」

聞言，大哥皺了皺眉頭，雖然還是不給好臉色，但至少不像剛才那樣能嚇破人的膽。

「說不是傭兵，但小宇你的身手完全不像普通人。」凱恩疑惑的問：「沒聽老大說你有練過，可你剛才那動作，我看我們團裡也只有小殺做得出來吧。」

我隨口胡謅：「我在夢中的末世活了十年，戰鬥經驗很豐富，只是需要把身體練起來而已，之前獨自出去狩獵，已經慢慢把身手練起來了。」

「你不是說，在夢中只是個普通女人？」

我沒好氣地說：「活到末世十年的普通女人，單手就能打趴你。」

凱恩嚇了一跳，不敢相信的問：「有沒有這麼威啊？」

「當然有。」我點頭說：「末世能活下來的人，除非從頭到尾都有人護著，不然哪個人都比現在的人強多了。」

物競天擇，末世的唯一法則。

凱恩露齒一笑，傲然說：「那簡單，我也來活個十年，到時候單手就能打趴這裡所有人！」

然後，他就被曾雲茜打了一腦袋差點趴在地上。

正想跟著酸凱恩幾句，卻發現自己根本說不出什麼酸話來，這群傢伙在我這個重生的人提醒之下，末世沒多久就開始吃進化結晶，加上本身就是戰鬥素質良好的傭兵，真活上十年，想不強都難吧！

搞不好，我無意間造就出一夥超強隊伍出來？這真是……天大的好事！

接下來的幾年，人類的處境可不是「淒涼」二字可以形容，為了對抗異物，甚至抵擋原本無害的動植物，大家最好能多強就有多強！

這麼說起來，我要不要想個辦法把進化結晶的事情告訴越多人越好呢？如果可以讓人類提早變強的話，說不定接下來幾年的狀況就不會那麼慘烈了。

「小宇！你又在恍神什麼？」

我抬起頭來就望見大哥恐怖的黑臉，連忙把剛才想的事情通通說出來，轉移大哥的注意力，千萬別想起手銬一輩子什麼的。

大哥皺了眉頭，沉吟之下，說：「這時候不需要煩惱那些事，遇到合適的人就說，不合適的人就……」

就不用說了，這倒是好方法，不愧是大哥，比我有決斷多了。

「就視情況看要不要除掉。」

等等，大哥你的話鋒轉得也太快，弟弟跟不上啊！

我轉頭看看其他人，居然沒人露出驚訝的表情，到底誰才是在末世活了十年的人？

為了人類的存亡，我只好苦著臉勸道：「大哥，人類一口氣不見一半，接下來還會更少，能不殺還是盡量不要殺吧。」

亡族滅種什麼的，就算是無法避免的事情，至少別亡在我們手上，將來我還想上天堂呢！

大哥補充說：「不合適的人是指之前那群把你吊起來的傭兵。」

立刻宰了沒二話！那種人是殺他一人可救蒼生，將來到閻王面前都會被稱讚啊！

「不要再浪費時間了，現在兩人一組去探查，遇見單獨的異物直接剷除，數量太多就回來稟報。」

大哥對所有人下令，我正想聽令轉頭找人搭伙去探查，他就冷冷地說：「做什麼？想被鎖一輩子？待在這裡把結晶挖出來。」

為了一輩子著想，我只好乖乖地蹲下來挖屍體，現在刨屍的技術可好了，三兩下就能把結晶通通弄出來，還不會沾到一絲半點的血肉，可說古有庖丁解牛，現有小宇開屍。

技術熟練的缺點就是五分鐘後就閒著沒事幹，想一想，只好來研究自己的冰棍，或者該說冰槍……不，還是冰棍才對，臨時弄上去的槍尖在剛剛戳地的時候，已經變成一堆碎冰塊了。

果然還是要拆一把匕首來加固，尤其槍尖必須比棍身更堅固才行，畢竟長槍經常要進行刺擊，異物頭骨硬如石的可不少，這樣動不動就碎掉，根本不能用。

「老大。」

我抬頭一看，大夥都回來得差不多了。

鄭行第一個開始報告：「老大，一樓淨空了，但槍械室不在這樓，估計在地下室。」

大哥看來不意外，一個點頭後問：「地下室有動靜嗎？」

「門關著，開不了。」

這話一說完，大哥和其他人互相交換了幾個眼神，一副心知肚明的模樣，看得我滿頭霧水，不知發生什麼事，頓時有種自己是局外人的洩氣感。

小殺低聲解釋：「雲茜會開鎖，這種警局的鎖難不倒她，還開不了門，表示多半不是鎖的問題而已，很可能後方有大量重物抵住。」

原來如此。我看了小殺一眼，被他欠了人情的感覺還真是不錯，以後要多多指點他怎麼練異能，務必讓小殺沒有把人情債還清的一天！

「裡面會有人嗎？」凱恩饒有興致的問。

「不太可能。」百合搖頭說：「末世都三個月了，警局地下室會有多少物資？一樓又這麼多異物遊蕩，關在裡面的人顯然沒出來過，就是餓都能餓死。」

餓死，也就成異物了。

眾人舉好槍，準備面臨下一波攻擊。

大夥來到地下室，面對那道大門，在不想發出太大動靜的情況之下，也只能使勁地推，沒想到這道門後面不知有多少東西，還真是重，推了老半天只打開一條縫，真是重死我了。

對，門是我推的，剛剛想上前幫忙的時候，被凱恩露出二頭肌鄙視地看了一眼，我一怒，別看疆書宇這外表一副柔弱無力美青年的模樣，進化結晶吃多了，美青年都能變成怪力男！

當下立刻一腳踹飛正在露腹肌的凱恩，然後推門的工作就落在我頭上了，因為門不大，擠不下幾個人一起推，大哥說既然力氣這麼大，就你推門吧。

大哥，其實弟弟我真是柔弱無力美青年，以後絕對不破壞形象！

「推不開？」大哥瞥了一眼過來，「別裝柔弱，現在辦正事。」

「真的推不開。」我苦著臉說：「好像卡住了。」

大哥走上前來，用力一推，剛才紋風不動的門又被推開五公分，大哥你的異能真是治療吧？我沒搞錯吧？

大哥在門縫處看了一陣子，似乎沒有動靜，他這才回頭喊：「百合過來看看。」

百合走上前去，一邊看一邊說：「門後有幾個鐵架，已經被擠得變形卡住了，要打開門恐怕只能把門板拆了，除此之外，鐵架還放滿箱子，全擋住了，我看不見房間裡有什麼東西。」

大哥皺眉看著門板，這是警局的門，頗為牢固，拆起來肯定很麻煩，尤其我們手頭並沒有合適的工具。

凱恩也不抱希望的說：「老大，裡面要是有槍，那些人不可能活活餓死在裡面吧，怎麼樣也會拿槍衝出來拚一把，恐怕那些槍械早就被拿走了。」

「沒有槍也會有子彈。」

說得有道理，這是附近的警察總局，彈藥存量應該不少，要被通通拿走的機率不高，而傭兵團迫切需要的東西其實是子彈而不是槍。

大哥本就帶了不少槍回來，上次又剿了一個傭兵團隊，槍是不缺的，我們也沒那麼多人可以用槍，但子彈卻是打一發少一發，不時時補充，恐怕不需要多久後，槍就只能當鐵棍用了。

「拆！」大哥當機立斷地說：「一樓已經乾淨了，我們多的是時間。」

這一次，我果斷就柔弱無力美青年了，坐在角落假裝推門推到脫力，簡直拿那扇門沒有辦法。

末世中，拆東西可是日常生活的必需技能，拆門拆窗拆抽屜是入門技能；拆車拆冰箱拿零件是進階版；把拆來的零件組合成各式各樣的武器是終極版。

不過現在，我已經決定自己的職業是柔弱無力美青年，地位是傭兵團長的拖油瓶弟弟，別說入門，推門都不行！

「別拆了，我們出來。」

所有人立刻舉起槍械，通通槍口對門板，表情活像見鬼了。

那扇門傳來幽幽的詢問：「外面的是人嗎？」

我們才想問裡面的是人嗎！

眾人互看幾眼，隨後全都看向大哥，傭兵團長淡然從容的說：「異物不會說話。」

大哥是對的，至少目前不會。

門後安靜了一陣子，又傳來唯唯諾諾的聲音說：「我、我們出來的話，你們不會傷害我們吧？」

哪裡來的天兵！難道有人會回答「不，我們就是要傷害你，快出來讓我們傷害」嗎？

顯然不是只有我這麼想，其他人都是哭笑不得的表情，不過顯然沒剛才那麼緊張了，裡面是天兵總比是傭兵來得好。

「只要你們不出手攻擊，我們就不會傷你們。」

大哥說到「你們」，特別給了同伴幾眼，確實，對方剛剛是講「我們」，顯然不止一人。

門後沉默了一下，有一些說話的聲音，但壓得極低，聽不清楚在說什麼，但語速很快，顯然說話的人十分激動，沒多久後，就是乒乒乓乓的搬動聲響。

看來，對方想清楚決定出來了，我看了大哥一眼，不知道他是要拿了彈藥就走，或者會決定收留這些人？

沒多久後，門緩緩被推開了，走出兩男三女，看起來年紀差不多，可能才二十歲上下，都是一副大學生的樣子，看見這幾人的年齡和模樣，我方完全放鬆了。

原本，我還有些警戒，要知道，末世十年，就是路邊的小男孩都不可以等閒視之，對方很可能根本不是人！

不過，想想現在才末世第一年，別說小男孩，就是大壯漢也沒什麼好怕的，異物們都還長得歪七扭八，進化或者擬人化這種事都還遠著呢，眼前這些大學生肯定就是大學生沒錯。

更何況，這些大學生一看見我們全副武裝的樣子，一個個嚇得滿臉蒼白，似乎想轉頭再躲回去，實在讓人忌憚不起來。

「咦？疆書宇？」其中一個女孩突然高喊，不知是否我的錯覺，她的語氣似乎帶著點驚喜。

傭兵與大學生都通通轉頭過來看著我。

我看著那女孩，長相倒是頗清秀，雖然狼狽骯髒降低不少姿色，但收拾一下，應該是個清秀小佳人。

那女孩狐疑的問：「你、你為什麼這麼看我？」

我硬著頭皮說：「對不起，我被磁磚砸到頭以後就失憶了，不記得妳是誰。」最好別是疆書宇的女朋友，大哥都說了沒有交，我信他不信妳，就算是真的也立刻分手！

女孩嚇了一跳，不敢置信的說：「你失憶了？我是你高中同班同學呀！我叫沈千茹，那時大家知道你出事以後，還一起摺了千紙鶴送去。」

喔喔，高中同學是吧？這身分還可以接受，那剩下這些人呢？

我看向其他兩男兩女，沈千茹立刻解釋：「這些是跟我考上同一所大學的同學，他們高中跟我們不同班，你不認識他們。」

其他人似乎有些慌，一個個連忙七嘴八舌的說：「我、我也知道疆書宇，不同班也是同校同學吧！」

其中一個男的說：「廢話，他是我們高中校草，成績又全年級第一，誰不知道疆書宇啊！」

校草什麼的，疆書宇這張臉，真的不意外，但是全年級第一？疆書宇，你要不要這麼威？我突然覺得壓力好大，擔不起啊！

大哥突然問：「書宇，你有印象嗎？」

「半點都沒有。」我老實交代，就連親兄妹都只是在夢中看見往事，高中同學這種東西根本連一絲痕跡都沒有留下。

「我真的是你高中同學！」沈千茹急了起來。

我還來不及回答，大哥就一擺手止住對方的話，「我看過那千紙鶴，不用再解釋。裡面有沒有彈藥？」

幾個大學生你看我我看你，最後通通看向沈千茹，這女孩只好硬著頭皮說：「有看到幾盒像子彈的東西，可是沒有槍。」

大哥一點頭，立刻指揮其他人進去搜東西，他自己也進去了，只是進去前，目光有意無意地掃過小殺，對方就站在我旁邊不動，沒跟著進去，緊接著大哥朝我看了一眼，又瞥了那個沈千茹，最後才進去搜索。

大哥你的眼神真有戲，我都懂了啊！沒問題，我一定利用高中同學來問出這些人到底怎麼在裡面活三個月不死。

一見到傭兵們離開，兩男三女都湊過來我身邊，嘰嘰喳喳簡直吵死人。

「疆書宇，你怎麼會跟這些人在一起？」之前開過口的男生十分懷疑的問：「你該不會是被他們抓起來了吧？」

我瞥了他一眼，沒好氣的說：「你看我像是被抓起來的嗎？」

哪來的傻子，雖然我的武裝不如傭兵多，不過好歹提著根棍子，行動又不受限，哪裡像是被抓的？更何況，你們不覺得應該先問我手上的冰棍到底是什麼東西嗎？抓不抓得到考試重點啊？難怪考不贏疆書宇！

「是不像。」對方老實回答，還自我介紹：「喔，對了，我叫陸仁傑，籃球隊副將，你可能有聽過我？」

失憶啦，白癡！

聽到他開口自我介紹，其他人也紛紛說出自己的名字。

高個子的女生開口說：「我叫李雅蓉，優雅的雅，草字頭的蓉。」

「蘇盈。」這女孩怯生生的，說話像蚊子叫，幸好我進化結晶吃多了，耳力也變好，這才聽清楚這兩個字。

剩下那個男的倒是相當沉默寡言，簡單的說：「我是丁駿。」

最後，他們五個看向唯一沒有報上姓名的傢伙，小殺。

小殺沉默了一下，說：「上官辰沙。」

我愣了一下才反應過來這是小殺的真名，居然是少見的複姓，這名字還真是武俠小說，好像每本武俠裡面都得有個上官世家，多半還是翩翩貴公子角色，我瞥了小殺一眼，確定這是個傭兵沒有錯，還是叫小殺順耳一些。

五人對小殺感到十分好奇，大概是年齡較相近，讓他們對他沒有對其他傭兵的恐懼，但現在不是讓他們探索小殺祕密的時候，大哥可是給了我任務的，不能一個字都沒問出來。

「你們怎麼會在這裡？」這問題應該是個不錯的切入點，五個大學生在末世困在警局地下室，怎麼想都不太正常。

沒想到，幾個女生推推拉拉不太願意開口，最後陸仁傑不好意思的摸著頭說：「我們是出來聯誼的，因為考上同一所大學，所以就想說出來認識一下。」

警局聯誼？這地點會不會太前衛了一些？我狐疑地看著他們。

沈千茹嘆氣說：「我們本來不止五個人，可是有一個男生過馬路被車撞到，他送醫了，我們就被留下來問話，本來問完就可以回家，可是那時候外面已經很暗了，根本沒辦法出門，警察也忙得沒空管我們，所以就……」

就這樣在警局度過世界末日，這聽起來衰到跟疆書宇有得一拚。

「你們就這樣在這裡躲了三個月？」我帶著十足懷疑的語氣問，充分表達自己的不相信。

我更不相信，五個人就連一個都沒有變成異物，以大哥的隊伍素質之強，八個人都不見了兩個，這五人何德何能可以一個不缺？

「三個月？」沈千茹奇怪地看了我一眼，「哪有那麼久，疆書宇，你什麼時候醒來的？搞錯時間了吧？」

什麼？我和小殺對看了一眼，從他的眼神看出自己絕對沒有搞錯時間，眼前這夥人完全不對勁，出現的時間不對、地點不對，就連情緒都不對！

他們未免太冷靜了。

在充滿怪物的地方被關了整整三個月，這些人還能這麼正常的自我介紹，如果不是有問題，那他們的心理素質八成比大哥的傭兵團還強——我不相信這個世界的大學生會比原本那個世界的強那麼多倍！

「小宇！」

門後，突然傳來大哥的吼聲。

緊接著，門被重重地關上。

我立刻衝上前去，用力朝門一踹，但那扇該死的門紋風不動，顯然不只是被關上這麼簡單。

轉頭看向後方，小殺抓住那個沈千茹，小刀就抵在她的頸子上。

沈千茹尖叫道：「我不知道怎麼了，什麼都不知——」

我重重一棍揮去，卻被對方閃過了，那身手靈活得不像話，籃球隊副將嗎……

呸！難道你家主將是麥可・喬丹嗎？

陸仁傑用單手抓住牆上的鐵窗，輕鬆地吊在半空中，笑著問：「你怎麼發現是我？」

「剛剛你的身上有能量波動！」如果，我不離開原位去踹門，恐怕他那隻手抓住的東西就是我而不是鐵窗。

「這傢伙是異物嗎？」小殺抓著沈千茹，一邊和陸仁傑拉開距離，一邊開口問。

「不是，他是人，和我們一樣進化出能力的人。」

我的臉色沉了下去，末世果真出梟雄，這人又是發生什麼事，才能在末世三個月就這樣運用能力？要知道，現在應該是火異能當打火機用的時期。

「異物？這叫法挺有意思。」陸仁傑好奇的說：「你的能力是冰嗎？看起來還滿有用的，加入我們吧！」

我看了門一眼，居然什麼聲音也沒聽見，難道大哥他們瞬間就被制伏了嗎？不可能！著急卻又束手無策，卻只能咬牙忍下，冷靜地跟敵人套話：「裡面發生什麼事？」

陸仁傑比了個「六」，「就在裡面。」

「他不是被車撞了嗎？」我嘲諷地看了沈千茹一眼，對方卻滿是恐懼，根本搞不清楚狀況的模樣，難道真和她無關？

發現我看著沈千茹時，陸仁傑笑了起來，「其實說是被車撞也不算錯，你不用這樣瞪他們，這幾個人不過是戰備糧而已，如果抓不到人，他們就得自己來了。」

戰備糧？我冷了冷臉，才三個月，居然連吃人的都有了嗎？這個時間點明明多的是物資可以吃，還輪不上吃人這件事登場，這傢伙到底怎麼回事？

「好，我加入你們。」我乾脆地說完，又比著小殺，「他的能力是速度，勉強湊合，一起加入你們。」其實小殺的異能是風，但這時候，少曝露一點實力是一點。

小殺看了我一眼後放開沈千茹，但對方嚇得腿軟，一被放開就直接跪倒在地上爬不起來了，還是那個怯生生的蘇盈把她拉到角落去，三個女生縮成一團，丁駿也默默地站在角落一言不發，他們看起來不像和陸仁傑一夥的，恐怕真是「糧食」。

陸仁傑聳了聳肩，說：「沒差，你們就一起進去。」

我看了小殺一眼，對方回我一個點頭，其實留一個人在外面更好，但因為不知道裡面是什麼狀況，如果又要打鬥、又要救人，恐怕我一個人做不了那麼多事。

走到門前，這一次，我輕輕一轉門把，門就開了。

「不要進去！」

背後突然傳來喊聲，那個聲音還是第一次這般宏亮。

我轉頭看向蘇盈，她像是豁出去般大吼大叫：「笨蛋，如果你打得贏這個人就不要進去，你一進去就完蛋了！」

就完蛋了？那大哥——不！沒那回事，如果我猜得沒錯，門後面的東西多半是……

那種東西還奈何不了我家大哥！

「住手！」我喊住陸仁傑，對方正怒到想一腳踩在蘇盈身上，以他的能力，說不定這腳就可以讓對方徹底擺脫末世。

我看了蘇盈一眼，她激動不已，滿臉通紅又淚盈盈的，倒是比剛才怯生生的樣子好多了，重點是她身上傳來能量的波動。

果然把小殺放在外面是不行的，一個陸仁傑或許奈何不了他，我猜對方的能力是體能增強，但這個蘇盈不知又有什麼能力，也不知是敵是友，實在太危險了，不如把小殺打包帶進去，還比較讓人放心一些。

我朝小殺丟去一個眼神，要他跟上來。

小殺點了點頭，突然勾了勾嘴角，看得我一怔，這時候還笑什麼笑？莫非你有著越危險越高興的反社會傾向？

這麼說起來也是，末世中，那些越冷漠的傢伙越是變態，看來要跟大哥說一下，千萬得把小殺管好，免得小時冷臉大了變態。

他走向前來，越過我的時候，丟下低聲一句：「你跟老大真像。」

「……等等！」

姑且不論威武大哥和漂亮小弟到底哪裡像，小殺你越過我是想去哪裡？門後都不知道是什麼情況，你別這麼調皮地到處亂跑啊！

小殺揮開我的手，伸手握住門把，堅定的說：「我在隊裡負責偵查。」

我拍開他的手，搶先衝進去，丟下一句：「我是新一代偵查兵，你老了，退後面養老吧！」

「……」

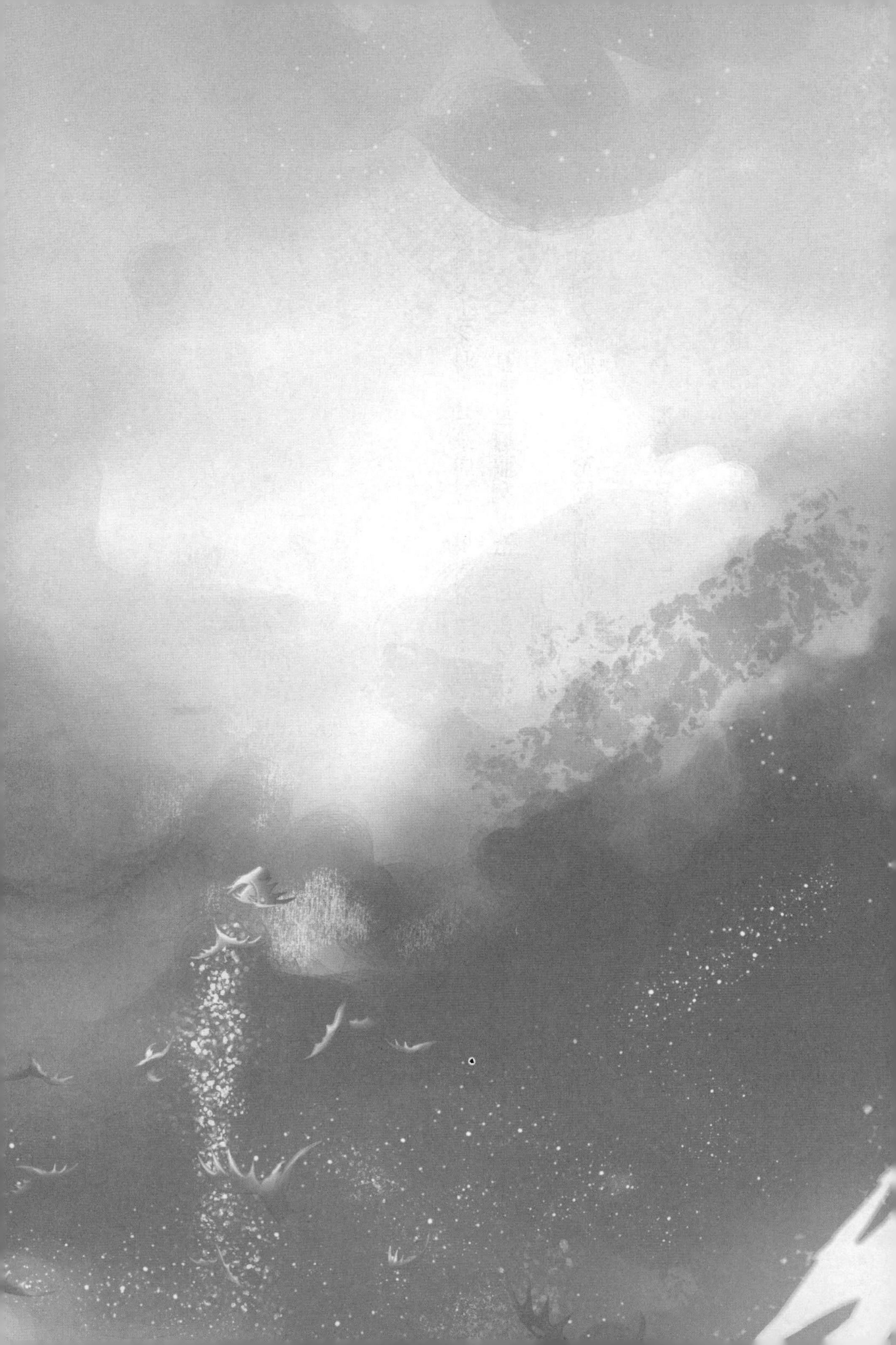

第一章

狂霸酷炫跩的節奏

好不容易能踏出公司，我只覺得累掛了，連續加班好幾天，今天總算可以……只加兩小時的班。

準時下班簡直是櫥窗裡的ＬＶ，只能流著口水看卻買不起啊！算了，公司的加班費給得算厚道了，至少有照著勞基法來，加班多存點錢也好，上次跟媽去看的那間公寓可真不錯，可惜總價太高，算一算實在付不出頭期款，只能算了。

還是再工作兩年，應該就可以付得起那個價位的房子，現在買得起的實在都看不上眼……

「薇君！」

我轉過頭去，有些訝異地看著一個陽光男孩小跑步到自己身邊，這傢伙總是毛毛躁躁像個孩子，每次我化好妝和他出門，總被誤認是他姐姐，可惡！我還比他小一歲呢！

我不滿地看著他的背心、海灘褲加夾腳拖，開口問：「震谷，你怎麼來了？」

夏震谷笑笑地說：「來接我女朋友啊！」

我故意反問：「接女朋友啊？長得漂不漂亮？」

他皺了皺眉頭，搖頭嘖嘖說：「好像挺普通的。」

我不滿地推了推他。

夏震谷眨了眨眼，故作無辜的說：「就普通漂亮而已，真沒漂亮到哪去。」

真不會說甜言蜜語！我白了他一眼，好啦，普通漂亮也可以接受，反正自己本來就不是什麼大美女，有「漂亮」二字就不錯了。

「累嗎？」

夏震谷牽起我的手，他總是習慣牽手，被我糾正這麼多次也沒用，我會流手汗啊！溼答答地很難為情，雖然他總是說沒關係……好吧，其實我還是有點小竊喜。

「累死了。」我有氣無力的說。

他抓了抓頭，說：「幹嘛這麼拚，都跟妳說我家有房子，以後住我家就好了，妳不用買嘛！」

我白了他一眼，結婚這檔子事不是沒想過，但自己現在才二十五呢，雖然和這傢伙交往三年了，不過將來的事怎麼樣還難說，更何況，不管怎麼樣，我都得給老媽一個家才行。

他不滿的說：「怎麼，妳不信我嗎？」

我累到懶得跟他爭辯，隨口敷衍：「信信信。」

這敷衍的口氣顯然讓他生氣了，他甩開手，自顧自地往前走，我看著他身高腿長的背影，想著自己真是苦命，加班累死了，還得安撫鬧脾氣的男朋友。

我小跑步追上去，「幹嘛，這樣就生氣了？這麼沒度量！」

「我就沒度量！」他回過頭來氣嘟嘟的說完，還直接朝我丟了個東西，幸好不大，也沒丟疼我，不然跟他沒完，這都還沒結婚就家暴了！

東西丟在胸口上，是個小盒子，看起來竟像個禮物，我納悶了，今天是什麼節日嗎？不是我生日、不是交往週年、不是認識週年紀念，也不是情人節七夕……

我打開那個盒子，裡頭是一枚鑽戒，看那顆鑽石的大小，再想想夏震谷的薪水，他起碼得一年不吃不喝才買得下來。

再抬頭一看，那傢伙笑嘻嘻的，仍舊是背心、海灘褲加夾腳拖，蹲在地上看我的表情，旁邊的遊民都比他體面點，幸好長得有點帥，不會真像個遊民，所以說，人正就是好，裸奔都能說是藝術。

「薇君，嫁給我好嗎？」他的笑容燦爛如陽。

我笑了，這句話，真的等好久了——等了整整十年！

「夏震谷從來就沒跟我求過婚！」

就算一起度過審判時刻；就算我救了他一百次；就算鑽戒這種東西，在末世隨手可得，他也從來沒有想過撿一枚來跟我求婚！

盒子直接被我捏碎，握在手中的東西不再是小小一顆鑽戒，而是長形的棍子，渾身發出冰寒之氣，一如自己現在的心境。

「薇君？」夏震谷怔怔地看著我，慌亂又無措的問：「妳、妳怎麼啦？」

我一棍子朝那張該死的臉揮下去，怒吼：「我是疆書宇！」

冰棍打中那人的臉，瞬間碎裂，不只是那個人，連同整個世界都像鏡子一般脆弱，一擊就碎。

我有種超痛快的感覺！夏震谷，我想揍你很久啦哈哈哈——但現在可不是高興的時候，又不是揍真人，揍個幻象有什麼好高興的——雖然還是超爽的啦！YES！YES！

冷靜冷靜，還是先找到大哥他們再說，我左右張望，自己在一條走廊上，兩邊都是一道道房門，雖然這裡頗陰暗讓視線受阻，沒辦法看得太遠，但這躺了一地上的不是我們家傭兵是誰？凱恩、百合、鄭行……怪了，怎麼沒大哥？

「大……」正想開口喊，我閉上嘴，猛然轉過身去，看著黑暗的角落，那裡隱約可看出有個人影，難道是那第六人？

我舉著冰棍，這時背後的門卻開了，小殺一衝進來，立刻陷入恍神狀態，還不斷發出囈語。「不！哥，我不是你，不會照你的路走……」

「……」

有點想繼續聽下去怎麼辦？

帶著聽不到故事結尾的憂傷，我衝上前去搧了小殺兩巴掌。

小殺半夢半醒，轉頭看著我，恍惚地苦笑說：「哥，不用打了，我聽你的就是。」

「……乖。」

他眨了眨眼，眼神漸漸清明起來，然後整張臉立刻脹紅，直瞪著我，一句話都說不出來。

「是幻覺，一進來就會中。」我簡單解釋：「我剛剛也中了。」

所以別害羞了，反正大家都有個不堪回首的前男友，呃，也可能是前女友，不對，是前哥哥，啊，隨便啦！

我指著滿地傭兵，又看向角落的人影，小殺立刻就進入警備狀態，什麼前女友、前哥哥都不重要了，果然是專業的。

這時，那道人影踏出角落，我們卻一下子放鬆了，我拍著胸膛說：「大哥你站在那裡做什麼，想嚇死弟弟啊？」

小殺一拉我，低喊：「老大不對勁！」

不用你說，我也看見了，大哥那雙眼，紅得像能滴出血來，那個恐怖的氣勢啊氣勢，說你不是魔王我都不信！那股威勢都快實體化到用肉眼就能看見啦！

我忍不住後退一步，轉頭看小殺，對方也是一臉驚駭，看我退了一步，他還立刻退兩步，顯然我家大哥這狀態也嚇到他了。

大哥一步步上前，我們也一步步後退，什麼第六人都忘光了，大哥才是第一人啊！

「老大怎麼了？」小殺駭然的問。

「應該是陷入幻覺了。」

「像剛剛那樣過去打他兩巴掌？」小殺試著提議。

你過去打啊幹！

「老大絕不會殺你。」小殺連忙補充說。

我惡狠狠地瞪了小殺一眼，「他陷在幻覺裡面，看見的我不一定是我，搞不好是搶他女人的仇人也說不定！」

「沒有那種人，沒人搶得走老大的任何東西。」

說的也是——不對啦！重點是我不敢靠近現在的大哥啊！

這時，大哥已經走到幾步遠的地方，我和小殺退無可退，再退只能打開門衝出去了，但現在滿地的傭兵、狀態不明的大哥，還有不知躲在哪裡的第六人，我們不可能就這樣離開。

「把……」

大哥的雙目俱紅，彷彿能流出血來……不，是真的流下血淚，明明是怒火能燒破天的氣勢，卻有兩道血淚劃過那張修羅般的面孔，濃濃的痛苦甚至蓋過滔天怒火，彷彿此人已成為痛苦的化身。

我和小殺都看呆了。

「把我的家還給我！」

家？我一怔，瞬間明白大哥看見了什麼樣的幻覺，對他來說，家人恐怕是最重要的吧？當然不是說傭兵團的人不重要，但那和家人畢竟是不同的。

家人是需要保護的、無可取代的存在，一旦在自己的手上失去……媽，妳最後想跟我說的那句話到底是什麼？我想了十年，還是不敢下定論。

這時，小殺突然拉了我一把，一聲槍響，我抬頭一看，大哥竟舉槍對著我們兩個，而且還真的開了槍！

一股怒氣湧上心頭，大哥你可是最威武的傭兵團長疆書天啊！一點小小幻象就能讓你對親弟弟開槍嗎？你還是不是我那威武的大哥了！

弟弟對哥哥的憧憬破滅，後果很嚴重！

我決定揍醒這個走歪路的大哥，讓他及早回到正道上，冰棍立刻揮了出去，不在這傢伙臉上留個懺悔印，我就不叫疆書宇！

沒想到，大哥卻一把握住我的冰棍，力道大得讓我抽不回棍子，手上莫名一股溼漉漉的感覺，怪了，疆書宇又不是闕薇君，這具身體不會流手汗啊？

我低頭一看，地上積了一小灘水，全是從冰棍流下去的。

冰棍，竟然融化了。

等到手上握著一根掃把棍的時候，我差點沒噴出一口老血來，說好的治療能力呢？把我千辛萬苦每天頭痛弄出來的冰棍都融掉是哪招？

「小心！」

小殺衝上前來，我一怔，眼睜睜看著他代替自己被大哥一腳踹飛出去，重重撞上牆壁後摔落到地面，還吐了口血，只是他快速地擦去，高喊：「疆書宇你快跑！」

跑？老娘我發過誓，這輩子不避不逃，就算面對大哥也不例外！

我把沒用的掃把棍一摔，腳底化出冰刀，再次使用滑行前進，這時，大哥竟然還對我開了兩槍——我這不孝女都沒敢把槍口對過媽媽，你倒是很敢對弟弟逞威風呀！

化出無數冰刀，我朝著大哥射出去，但我沒他那麼混蛋對家人出手，只是瞄準他身上的武器，目的是將那些危險東西通通結凍。

但大哥不愧是大哥，神智恍惚還閃過好幾把冰刀，可惜手上的武器還是被接連射去的冰刀打掉了，他想抽出腰間的槍，但槍早已被凍在槍套上，就算他能把槍抽出來，扳機也扣不下去。

這時，我已衝到大哥的面前，憤怒一拳讓他成一眼熊貓，身子一歪，躲開他踹來的一腳，再打一拳讓他兩眼都熊貓！

「小宇？」

大哥愕然地看著我，似乎醒了——誰管你啊！利用腳底的冰刀扭轉迴旋聚集力道，最終飛躍一腿踹過去，將大哥踢得倒退好幾步，我一落地就又瞬間衝出去，用衝刺的力道將他整個撞飛，甚至掃到地上的凱恩，兩人一同飛出去，直到撞上牆面才停下來。

是，我就是公報私仇，看準方向撞的，不然凱恩你咬我啊？

怒火攻心加上爆發式的戰鬥，我有點氣喘吁吁，掃視周圍一圈，眾人都醒過來了，紛紛用看見鬼的表情看著我，很好，應該沒人還陷在幻象中。

我看向走廊陰暗的地方，危險地一瞇眼，然後衝刺滑過去，瞬間到達其中一扇門，毫不停留就撞門進去，要是給對方時間反應，這道門說不定又要打不開了。

裡頭坐著一個人，似人，非人。

眼前閃過一幕幕景象，但我已知道那些都是假的，是根據記憶創出來的幻象，對方要成功迷惑我，除非他的等級超越我太多，我都一階了，就不信你二階！

疆家人再怎麼衰，也不可能在末世三個月就遇見二階的異物！

雖然眼前這玩意兒也夠少見了，我本來以為只是一個精神系異物，這就已經很少見了，異物多是強化肉體，不常發展出其他種類的異能。

腦魔，非常獨特的存在，數量極少，但每次出現都是一陣腥風血雨，因為對方的幻象能力太難搞了。

他大致是個人形，只是腦袋瓜特大，而且大腦還露在外頭，只有一層薄薄的透明肉膜包覆，臉孔就剩下鼻子以下的部分。

上輩子，我幸運地沒見過這種東西，只有聽過一堆傳言，據說腦魔一開始就會說話，有人說他們其實是人，只是異能改變他們的外貌，又變得太詭異，結果就被當成異物看待。

但也有人不信，如果腦魔算是人，那異物和人的分界線到底在哪裡？尤其在異物開口說話，甚至有些還能擬人化後，就更難以區別了。

腦魔吃人也吃進化結晶的特性讓真相更加撲朔迷離，他們一開始吃的食物大多是人，大概是這時候的人類比異物要好搞多了，但這也讓他們直接被歸為異物，但後期其實他們更喜歡吃進化結晶。

「只要你放過我，你想知道的事情，我都可以告訴你。」

腦魔還真開口說話了，聲音聽起來竟然頗年輕，和外頭的大學新鮮人差不多，那個聯誼出車禍的事情搞不好是真的，只是第六人沒在醫院而已。

我嗤之以鼻的說：「你只是能看見我的記憶，根本不可能知道我不知道的事情！」

不過，我剛剛陷入幻象的時間很短，這隻腦魔居然已經查探到這麼多記憶了嗎？未免太強悍了一些，現在才末世三個月，這隻該不會也一階了吧？一階腦魔？

疆家人果真運氣不好！

「記憶會存在大腦中，就算你的狀況很奇特，還是有記憶。」

腦魔歪了歪腦袋，那顆巨大的腦袋晃晃蕩蕩，看起來隨時會掉到地上摔成一堆豆腐渣。

難怪腦魔的數量會這麼少，就那顆露在外面的超大弱點，要度過末世前期簡直難如登天。

而且他們一開始擁有的幻象能力也不夠高，其實不容易迷惑人，恐怕是我們走進他布置好的房間來，這才被他成功迷惑這麼多人。

就連迷惑人都難，要迷惑異物根本不可能，這時的異物只會吃吃吃，本能太強，加上都是新生兒又沒什麼記憶，很難用任何幻象去迷惑他們。

「疆書宇已經死了，你不是想知道這個嗎？」

我渾身僵硬。

「在那場意外後，他的心臟停過一陣子，然後你來了，才又開始跳動，這個記憶太深刻了，不需要探查得太深就可以看見，如果你願意讓我再深入探查一次，我可以告訴你更多事情，甚至是探查別人的記憶也沒有問題，我可以不吃人，給我一些你口中的進化結晶，我可以幫你做事。」

腦魔不斷地說話，目的只有一個，蠱惑我放過他、甚至養他，就像外頭那個陸仁傑，但不同的是，他和陸仁傑之間到底是誰養誰，還真難說，而這隻腦魔要真成長起來，我和他之間是誰養誰，更難說！

後方傳來走路的細碎聲響，還有大哥的聲音，語氣帶著點尷尬和愧疚，大哥連聲音都這麼有戲。

「小宇……」

我突然衝上前去，化出冰棍，一棍子打向那大腦袋，就算這冰棍不夠堅固，打一顆柔軟的大腦也夠了。

不停瘋狂地擊打，就算那顆大腦其實一擊就碎了，我還是不放過他，打成塊打成渣打成一灘漿水，卻怎麼也打不掉那句話。

疆書宇死了。

「小宇、小宇，你停下來。」

我氣喘吁吁，心吊得高高的，幾乎不敢轉頭面對疆書天，但還是不得不看過去，他微皺著眉，略有擔憂的神色，似乎沒聽見剛才腦魔說的話。

幸好……

大哥憂慮地問：「小宇，你沒事吧？」

「這傢伙又讓我陷入幻象。」我撒著謊，裝出隱忍難受的模樣，說：「看見一些不想看的東西。」

大哥沉默了一下，問道：「是關薇君的事情？」

我胡亂點了點頭，看了他一眼，沒想到大哥會記住我的名字。

「別想太多。」大哥伸出手，似乎想揉揉我的頭，但卻又臨時縮回去沒動手。

我皺了皺眉，說：「收拾完這個，應該就沒事了，這個異物不用挖結晶，他沒有結晶。大哥你們就快去找彈藥吧，差不多也該回去了，否則君君會擔心的。」

大哥點了點頭，似乎有點迫不及待地轉頭指揮眾人分頭進行，不知為何，小殺仍舊負責跟著我，難道自己打出來的實力還不夠看，被認定需要保鑣嗎？

我看著沒自己的事，乾脆離開這個房間，結果一踏出去就後悔了。

陸仁傑抓著沈千茹，雙手緊緊夾著她的頭，怒吼：「你再過來，我就擰斷她的脖……」

砰！

我面無表情的舉著槍，然後把槍丟回小殺手上，那是剛剛臨時從他腰間槍套抽來的。

走上前去，我一腳踹開陸仁傑的屍體，沈千茹這笨女孩，連一具屍體都掙不開，末世沒被咬死卻被屍體勒死，可真會笑掉人大牙。

「你傻了吧！末世最不值錢的東西就是人命，抓個路人來威脅我？」

我關薇君可是在末世活了十年的女人，為了活命，拋下的、奪走的人命還少了嗎？當我聖母瑪利亞，見到誰都想救啊？

我看向其他幾個人，蘇盈、丁駿和沈千茹，不知為何，李雅蓉已經變成一具屍體倒在角落，看她的腦袋整個變豆花，多半是想逃跑被陸仁傑殺了。

「你們的異能是什麼？不要說，做給我看。」

說完，我又抽出小殺的槍指著這三人，對現在的人來說，槍還是比異能要有威脅力得多。

丁駿一如往常沉默寡言，不過臉色很難看，應該不是無動於衷，可能是天性做不出大反應，要是他真的無動於衷，那就得趁早宰了！

有句真理是這麼說的：不在沉默中死亡，就在沉默中變態，這年頭的變態太危險，還是讓他死亡比較好。

他朝旁邊鐵架的殘骸一抓，攤開掌心，一顆螺絲釘就在離掌心幾公分的上空翻滾。

「能變形嗎？」我冷冷地問。

丁駿一怔，搖頭說：「不能。」

照理說應該可以，可能是他還太弱了。

我看向另外兩個女孩……罷了，還是看蘇盈就好，沈千茹已經暈到一邊去了，懶得叫醒她。

蘇盈坐在地上，嚇得滿臉蒼白，還一身的血，整個人都可以直接去拍恐怖片了，她驚慌地說：「我、我做不出來，我的力量不、不是那種的，只是偶、偶爾可以聽見人家的心聲，真的只是偶爾而已！」

我點點頭，剛剛就猜到了，精神系的能力，所以她沒有被腦魔蠱惑，還能出聲警告我，不像沈千茹，被迷惑得連時間和事情經過都亂七八糟，完全就是個誘餌兼儲備糧。

「沈千茹呢？」

蘇盈搖頭說：「不知道。」

我點了點頭，蹲下身來，附在她耳邊，這舉動引來小殺的側目，但我就要和她說悄悄話，你咬我啊？

「我不管妳聽見我什麼心聲，若是敢對任何人，包括我大哥在內，說出我的心聲，妳的下場就和陸仁傑沒兩樣，懂嗎？」

蘇盈含著淚，渾身顫抖個沒完，點了點頭，然後加入沈千茹的昏倒行列。

最後，警局之行收穫各式子彈十二盒，沒用的防彈背心二十件，還有雜七雜八不知用不用得上，總之先拿了再說的物資。

外加三個拖油瓶大學生。

這幾個人能在警局地下室活三個月的祕密也根本算不上祕密，地下室有另一個出口，附近又有超市，他們這幾個腦魔的儲備糧活得還算滋潤，除非陸仁傑太久引誘不來路人，他們才需要考慮哪個人要變成菜餚，讓腦魔享用一頓。

沈千茹嘴裡的那場聯誼是真的存在，參與者是腦魔、陸仁傑、沈千茹和李雅蓉，還有幾個變成異物不知去哪了，蘇盈和丁駿都是後來者，不是那場聯誼的人。

這趟算不上收穫豐富，如果連我損失的冰棍都算進去，根本慘賠。

想到冰棍，我臉都黑了，才想著要做個槍頭出來，結果這下好了，連棍身都不見了，想到要重新來過，頭都痛了。

回到家，書君說要給第一次出任務的二哥好好補一補，煮了滿滿一桌藥膳，雞湯和中藥粥通通沒缺席，我連胃都痛了。

今天大夥經歷腦魔的洗禮，個個都想起不堪回首的往事，精神都懨懨的提不起勁，若不是還要處理三個大學生，恐怕吃完就各自回房去了。

其實，我們人數太少，能多點生力軍是好事，但這三個人，沈千茹精神恍惚；丁駿一聲不吭；蘇盈驚弓之鳥……好吧，我承認這是自己的錯，剛才嚇她嚇得太狠了一點。

這三人怎麼看都不是生力軍，只有當拖油瓶的分，眾人看起來不是很喜歡他們的樣子，但要把他們丟出去，恐怕現在物資充足的傭兵團沒那麼狠心。

大哥開了口：「書宇，你去跟書君睡，挪一間房給他們。」

我愣了一下，「喔」的一聲，就想回房去收拾自己的東西，反正那間滿是彈孔還死過一堆人的房間也不值得眷戀。

大哥卻又補充說：「不會很久，我們這幾日把隔壁屋子收拾一下，再把圍牆打掉，可以和這邊相通，到時就足夠一人一間房。」

「喔。」我瞄了他一眼，今天大哥的話還真多。

大哥似乎還有話要說，我靜靜站著等他講，但他最終只是揮了揮手，「今天你也累了，早點休息吧。」

我點了點頭，回去房間整理東西，最重要的是把藏了滿房間的武器通通拿出來，改藏去書君的房裡。

沒多久後，我就坐在病床上，研究到底該怎麼弄出新武器來，因為原本房間的床不好搬動，所以乾脆就把病床搬來當睡床，反正之前睡這個也睡很久，倒是挺習慣的。

書君擦著溼漉漉的頭髮從浴室出來，也不快點去吹乾，直接坐到病床上來，納悶的問：「二哥，今天發生什麼事了嗎？怎麼大家好像很沒有精神的樣子，大哥也怪怪的，他一看你就皺眉頭。」

我沉默了一會兒，會不會，那些話還是被聽見了？

「我的冰棍沒了，被大哥弄壞的，所以我打了他一頓。」

沒想到，書君眨了眨大眼，竟然一點都不吃驚，還理解地點頭說：「難怪大哥這麼古怪，肯定愧疚得不行了，要是弄壞別的東西，他不管怎麼樣也會找一個還你，但他可沒辦法弄出冰棍。還不了，又是那麼重要的東西，唉，大哥這次真不知道要怎麼被你整了。」

她用水汪汪的眼睛看著我，懇求說：「二哥，你就別太欺負大哥了，現在外面很危險，如果你修理他修理得太過頭，影響到大哥出去搜索的正事就不好了。」

「……怎麼我以前很常修理大哥嗎？」

這怎麼想都不科學！沒有異能的疆書宇能怎麼修理大哥？告訴我，我學！

書君想了一想，舉了個例子。

「以前大哥總是很忙，常常出差工作很久都沒回家，有一次他答應來參加我的畢業典禮，可是又爽約，我那時還小，忍不住在典禮上哭了，你氣到把家裡全部的鎖都換掉，不讓大哥進屋子。那一次，大哥在旅館足足住了一個月，進不了家也不能走，因為你說『大哥你要是敢出國，我立刻捲了你所有存款，和君君搬到你找不著的地方去』。」

捲款潛逃是吧？疆書宇，你那年幾歲啊？還知道要拿錢再走人，真有前途！

「二哥你平常很溫和，可是一發狠，連大哥都怕呢！」

她笑嘻嘻的說：「其實叔叔嬸嬸也被你修理過，他們喜歡到處考古，連危險的地方都照去，無論你怎麼勸都不聽。有一次，他們被捲進當地的戰火，叔叔中了槍，嬸嬸也弄到小腿骨折，兩人回家休養，你每天晚上去打叔叔嬸嬸的傷口，還說『這傷就不要治好了，在家養病好過在外沒命』。」

我就這麼聽著書君述說疆書宇的種種事情。

這個家，說不定作主的人其實是疆書宇，不是之前想的疆書天。

這麼說也不對，疆書天是兄代父職賺錢養家，疆書宇就是二兄代母職管家管兄妹管叔嬸，真是辛苦的孩子。

這麼辛苦，我比得上嗎？

「二哥。」書君用額頭抵著我的額頭，「別擔心，你一定會想起來的。」

我順手摸了摸她的後腦勺，烏黑的秀髮如緞般滑順，叮嚀：「去把頭髮吹乾，別溼漉漉地睡覺，會頭痛的。」

「喔，好。」她跳下病床，輕靈地小躍步去拿吹風機，握著插頭就開始吹頭髮，一手雷電異能掌控得簡直出神入化。

可是，書君，我想不起來的，永遠都想不起來了。

我來回壓實冰晶，但弄了一天，棍上還是只有一層薄薄的冰，根本就是打蠟的掃把棍，離冰棍至少有一個月製作期那麼遠，不過算了，這次就連槍頭一起弄，槍頭和槍身的連結點才不會太脆弱。

「二哥，來吃飯囉！」

「好。」我應了聲，隨即走到客廳去，只有叔叔嬸嬸、書君和三個大學生坐在桌邊。

因為家中多了三個陌生人，不能不防，加上我的冰棍被融了，乾脆就順勢留下來做武器，沒跟著出去搜索，這次的目標是警局旁邊的超市，雖然我覺得書君一發雷電就可以電死三個人，但怎麼也不可能讓書君動手殺人。

雷電殺人可是外焦裡嫩還有肉香的，當然說什麼也不行，至少現在還用不著君君上場。

三個大學生原本還目露飢光地瞪著桌上的飯菜，但一看見我，臉色全變了，尤其是兩個女孩，簡直把我當魔鬼看。有我這麼帥的魔鬼嗎？真不懂欣賞。

「書宇，快來吃飯。」嬸嬸拉著我坐下，看起來心情倒是頗好，還對三個大學生笑咪咪的說：「大家快吃飯，別拘謹了，都是小宇的同學，不用客氣了。」

只有沈千茹是，但我不計較這些，反正事實是一個都不認識。

三位大學生立刻拚命扒飯，完全不客氣，簡直像餓了三個月，雖然這應該也是事實，就算他們附近有超市，但我相信他們沒辦法在缺電沒火的狀況下做出一桌飯菜，就算有電有火，搞不好他們都只會煮泡麵。

我看著三人，尤其是沈千茹，還不知道她的異能是什麼，等等得問出來才行。

沈千茹被我看得渾身不對勁，幾次想逃跑，又在我的瞪視下坐著不敢動，她實在緊張了，忽然丟出去一句：「疆書宇，你還記得苗湘等嗎？」

我看了她一眼，忍下滿腹惱火，決定下次她再來一句「你還記得○○××嗎」，我就揍得她什麼都不記得。

「不記得。」

沈千茹「喔」了一聲，還是繼續說：「她一直都很愧疚呢，還不敢去醫院看你。」

愧疚什麼？我滿頭霧水，難不成磁磚是從她家掉下來的？

「你那天其實是要去赴她的約會。」

前女友還真的跑出來了？我的臉色頓時沉了下去，然後就看見兩個嚇得要從飯桌逃走的女孩，我一喊：「坐下！」

沈千茹和蘇盈立刻正襟危坐，簡直像絕跡已久的大家閨秀。

其實我不太想知道前女友的事情，不過旁邊的書君和叔嬸眼睛都放光了，我還是先問問好了，免得全家只有我不知道自己的前女友是誰。

「苗湘等是我的女朋友？」

沈千茹立刻搖頭，但隨後遲疑了一下，又說：「她是校花，早就放話要追你這個校草，這件事很有名的，全校都知道。」

好個熱情奔放的校花，校草都輸了。

「那她追到我二哥了嗎？」書君不滿地推了推我，抱怨道：「二哥都沒告訴我，你有女朋友的事情。」

怪我囉？我都不知道疆書宇有女朋友。

「沒有沒有！他們還不是男女朋友。」沈千茹連忙說：「疆書宇說要大考，沒空交女朋友，等考完試再考慮，所以他們還是第一次約出去，結果那天苗湘等怎麼都等不到疆書宇，還以為被放鴿子，罵了他好幾天呢！後來卻聽到疆書宇出事的消息，就是約會那天出的事。」

聞言，書君和叔嬸的臉都沉了下去，雖然這事和苗湘等其實沒什麼關係，不過事關家人的命，要不遷怒實在太難。

沈千茹似乎也知道自己這話題不好，亡羊補牢的說：「呃，反正疆書宇也沒事了。」

是沒命了。

「什麼沒事！」書君嘟著嘴，不滿的說：「那是你們沒見過之前二哥的模樣，瘦得像枯枝呢！看了就讓人想哭，養了好久才有現在的樣子。」

三人都不敢接話，蘇盈還瞪了沈千茹一眼，哪壺不開提哪壺？

但沈千茹顯然夠白目，她還是繼續問：「疆書宇，你是在末世前醒來的嗎？好像沒聽說你醒了。」

「末世前三天醒來。」

「你居然能挺過那一晚？」丁駿難得開口說話，十分敬佩的說：「難怪你這麼強。」

書君立刻驕傲的說：「我二哥不但挺過了，而且還拿著棒球棍打異物，救了我們全家呢！」

「異物？」丁駿遲疑了一下，「是指那些喪屍嗎？」

喪屍個頭，他們是活的，進化的速度比人類快多了，你再不振作點，就要被喪屍取而代之——不對，是異物，我怎麼也跟著喪屍了。

雖然當初末世一開始，很多人也是喪屍、活屍的亂叫，但很快就發現不對了，那些「喪屍」非但不會腐敗，而且還進化得越來越強大，如果屍體比活人的進化速度更快，那人類都上吊死死變屍體算了。

本來改口說是怪物，後來他們開口說話以後，又漸漸出現「異物」這樣的名詞，最終就這麼定案，我想這輩子應該也不會有太大差別，至少到目前為止，這個世界的走向和原本那個沒有太大差異。

「二哥，別擔心。」書君擔憂地看著我，安慰說：「說不定你女朋友還活著呢！」

我求她死！

「胡說什麼，第一次約會都沒成，根本不是女朋友。」

書君吐了吐舌頭，說：「好啦，二哥說不是就不是，我本想說這樣你至少有交過一個的。」

什麼至少交過一個，說得好像我沒人要似的，再說千次也不厭倦，就憑疆書宇這張臉，哪個女人不手到擒來，一抬起臉就天下無敵！

沈千茹和蘇盈尖叫地從餐桌落荒而逃。

「……」

這節奏好像哪裡不對。

書君都笑翻了。

「給我回來！」我怒道。沈千茹的異能還沒問出來呢！

兩個女孩抖著回來，抖著坐下，抖著垂頭不敢看我，我決定放棄治療她們，直接切入主題。

「沈千茹，妳的異能是什麼？別說，直接做。」

沈千茹低聲說：「我沒有異能。」

我沉默不語，思考這是不是真話，結果這沉默似乎又嚇到她了，她立刻抬頭說：「真的！我什麼都不會，不信的話，你問丁駿和蘇盈，我是真的不會！」

這倒是和之前蘇盈講的一致，而且從見面以來，我沒有感覺到她身上有任何能量波動，或許和叔叔一樣，都是很難以發覺的特殊異能，如果是這樣的話，養著當潛力股倒是不錯。

我點點頭，沉吟該拿這三人怎麼辦，雖然是拖油瓶，但訓練一下應該也能成為生力軍，問題就在於這些人能有多少忠誠度。

教好以後，跑掉還是小事，要陰謀想奪權就真煩死人，但最嚴重的是背後捅刀，絕對不容許這種事發生！

「你們的家人呢？」

丁駿搖了搖頭，說：「我是孤兒院出來的，滿十八就得自立，我已經二十了，要自己養自己，所以才去超市工作，困在那邊快一個月，後來被陸仁傑抓了。」

無牽無掛，好，這個收了！

我看向蘇盈，她是精神系的，雖然我對異能的理論懂得不多，但還知道精神系異能的人很少，多半都有用，若沒有問題，還是留著吧。

蘇盈抖了兩抖，低聲說：「死了，這個吃掉那個……」

誰吃掉誰，她說得很輕很輕，根本聽不清楚，但我不計較，末世裡，家人吃掉家人永遠是最說不出口的傷痛。

沈千茹的眼眶都紅了，泣音說：「我不知道，我家在中官市，根本回不去。」

聽起來都沒多大問題，但其實最沒有問題的點在於大哥的傭兵團，上輩子……似乎已不算上輩子，總之是關薇君時期，那時的團體，個人與個人間差距不遠，就算天天忙著逃命，總也有人想著要指揮權、想搶別人的物資，甚至要欺負女人，怎堪一個「亂」字形容，睡個覺都怕被人捅刀子搶走懷中的草莓麵包。

但現在，大哥的傭兵團太強悍，這三個大學生根本翻不出什麼浪花。

想指揮？看到我都發抖，敢不敢去面對我大哥！

想捅刀？團裡誰不比他們更會玩刀子，先學會拿菜刀切高麗菜吧！

想搶草莓麵包？滿桌子大魚大肉又沒餓到你，搶什麼麵包！

想欺負女人？雙手都能開槍的百合；狙擊槍百發百中的曾雲茜；一手雷電出神入化的書君，會死，真的會死，別怪我沒提醒你。

重生算什麼，最大的外掛金手指是有大哥啊！

「二哥，你回房間去發呆吧。」書君善意地提醒：「你在這，他們三個連動都不敢動，坐得全身都僵了，好可憐喔。」

我默默站起來轉身回房。

背後傳來沈千茹用驚恐的語氣說：「疆書宇變得好恐怖啊！他以前明明很和善，考前還會指導大家做題目，有問題找他幫忙也不會拒絕。」

這女人的眼睛簡直是白的，現在把她丟出去還來得及嗎？

書君興致勃勃的說：「那是你們沒惹到我家二哥，我告訴你們，我家二哥比大哥還恐怖的！有一次啊……」

書君，妳不只放棄治療，還在傷口上灑辣椒粉，這三個人日後到底會怎麼看我呢？唉，算了，難得有人認為我比大哥還威武，這機會太難得了，還是留著他們膜拜自己的狂霸酷炫跩吧。

我回房做手工藝去。

先將上蠟的掃把棍在棍頭的部位劈開一條縫，又拆了一把匕首，只留下刀片部分，將刀片夾在縫裡，再用鐵絲纏牢，長槍的基本雛形就完成了，嗯，這造型還真不是普通的醜。

如果能早點醒來，我肯定會花大錢去打一把真的長槍，可惜醒得晚，就剩下掃把棍和爛匕首，湊合著用吧。

我開始漫長地反覆壓實冰晶，接下來數天，也一直是這枯燥乏味的過程，早知道去趟警局會有這個下場，當初就該堅定地當個獨行俠才對。

唯一慶幸的事情是書君看起來挺開心的，總是跟沈千茹和蘇盈湊在一起嘰嘰喳喳，雖然這兩人比她大了幾歲，但女孩子嘛，總是能找到共通話題的。

譬如大哥和凱恩是誰的胸肌有C罩杯；二哥和小殺的腰是哪一個比較細；雲茜會比較喜歡她們三個中的哪一個——不，這些話題一點都不女孩子。

我扶著額，不知道教育哪裡出了錯。

雖然想罵沈千茹和蘇盈別帶壞我家君君，但問題是帶頭的人好像就是我家君君。

在弟弟對哥哥的憧憬毀滅以後，對妹妹的憧憬也要跟著末日了嗎……罷了，現在不就是世界末日嘛！

第二章

苦與甜的咖啡和巧克力

手上壓著冰晶，耳朵聽著「二哥帥到男女通殺，大哥還說二哥性向不明」的嘰嘰喳喳，內心充滿教育無望的日子在第五天有了小小的轉折。

吃過晚飯後，大哥繃著臉要我去他房裡談談，傭兵團眾人看看大哥又看看我，臉上那個憂慮之重，彷彿我們兩個不是要談談，而是要去廝殺。

我點了點頭就跟大哥走，背後又傳來嘰嘰喳喳，但這次不是女孩子們，而是傭兵們。

「你說哥哥會贏還是弟弟贏？」

「以前我肯定說老大贏，但是上次的書宇真威啊！老大都被他踢去撞牆了有沒有！」

「老大該不會要換人做做看了吧？」

「哇靠！那哥哥加油啊，我不要十八歲的老大。」

何止妹妹，就連傭兵們的教育都失敗了。

我火大地跟著大哥到房間去。

一進房間，大哥回過頭來看見我的臉色就是一陣愕然，無奈的說：「書宇，你別生氣了，這幾天你都沒給過我好臉色看。」

我怒道：「我很生氣！」

你居然跟君君說我性向不明，雖然是事實，但這種事情不用跟十五歲的女孩子講好嗎！君君的教育都被你毀了！

大哥尷尬的說：「我會補償的。」

「補償也沒用！」君君的教育都毀了，你能補償什麼？補我一個白紙般的君君嗎？

大哥皺緊眉頭，像是下了什麼覺悟，乾脆的說：「那你說吧，要怎麼樣才有用？我是弄不出你的冰棍了，其他的看你想要什麼，我都會想辦法拿到手。」

……冰棍？

原來我們根本在雞同鴨講，我說君君你提冰棍，大哥和我的思考根本不在一個平行世界上，難怪溝通不能！

雖然冰棍被融了，一切得重新來過，不過說實話，那根冰棍是我的初次作品，有些試驗品的味道，品質普普通通，雖然我相信未來一年內拿著它是沒有問題的，但既然都毀了，重新做一個也就是了，還正好可以加上槍頭，所以並不是太在意，沒想到大哥比我更在乎。

我搖了搖頭，說：「冰棍的事算了。」

大哥一怔，納悶的問：「這就算了？那你這幾天到底在氣什麼？」

氣什麼？我立刻抓狂大吼：「以後不許跟君君說我的性向問題！」

「……喔。」大哥的眼神飄向遠方。

「……你還跟君君說過啥？」

「……」

「說、過、什、麼？」

「就提過小殺或許是不錯的對象。」

「疆書天！」

你個教育界的罪人！難怪這幾天我總聽到腰啊受啊的，還以為君君在講髒話，苦惱了好幾天要不要糾正她，但我自己都去你媽滿天飛，怎麼有立場教訓人，這幾天煩惱得頭髮都掉了好幾撮！

我怒極反歸平靜，冷著臉說：「大哥，我想到補償方式了。」

「呃，時間晚了，明天再說吧。」

「立正站好不准動半小時，這懲罰夠簡單吧？」我完全不理會他的話，甩甩手腕扭扭腳踝，認真做暖身運動。

大哥看著我，認真的說：「明天還有搜索任務。」

「你治療系的，沒事。」

一拳揮出。

＊

呼～我走出房間，一眼就看見那群趴在角落偷窺的傭兵。

「趴在那裡做什麼，一個個都沒正事辦嗎？」

傭兵們異口同聲的說：「沒有，老大。」

我冷冷地說：「你們老大在裡面療傷，想加入嗎？」

「不想，老大。」

我想一想，嗯，鍛鍊一下這些人也好，傭兵的教育不能等，立刻回房間拿冰棍，雖然製作期才五天，用來揍揍人也夠了。

到後花園集合，傭兵們排排站，連三個拖油瓶都沒落下，一個個站姿筆直，十分刻意，常常還忍不住偷笑。

我開口說：「末世才三個多月，我本覺得你們不會用異能也沒什麼關係，這時候的槍械還是比異能好用多了，但前幾天遇到腦魔，又看見陸仁傑居然比你們更會使用異能，要知道，他吃的結晶量絕對遠遠不如你們，我覺得這狀況十分不妙。」

眾人開始收斂神色，站姿不像剛才那般筆直，但反而更認真以對。

「書君比你們更擅長異能多了。」我看著眾人，他們對這話沒有太大反應，看來得下點猛藥才行。

「或許你們認為書君的能力不過是能拿來充電而已。」

我轉頭看了書君一眼，指著花園的一棵樹，說：「劈掉一根枝幹。」

書君眨了眨眼，伸出手，看起來像是個柔弱少女伸出手要求援，但她的食指突然發出一道亮光，隨後就是木頭被折斷的聲音，眾人瞪大了眼，立刻回頭去看樹，枝葉茂密的樹叢缺了一角，還冒著大量白煙，地上則躺著一條焦黑的殘幹。

要劈一根樹枝絕不會劈一根半，我常說書君的雷電能力出神入化，可不是說假的。

大哥和我都不想讓書君出手戰鬥，但不代表我會讓她毫無抵抗之力，誰敢欺負我家小妹，絕對是個外焦裡嫩發肉香的下場。

眾人好不容易從焦黑的樹幹回過神來，紛紛看著我和書君，雙眼發亮得都能取代手電筒了。

「想學嗎？」我嘴角一勾，故意吊他們的胃口，之前自己沒少被看笑話，現在呢！唷唷，換我看遍你們唉唉叫的慘狀了喔！

「想！老大。」

「閉嘴，我一點都不想當老大。」

「是！老二。」

……傭兵的教育果然不能等。

我提了提冰棍，教書君的時候，手段必須柔軟，什麼用身體來體會能量的事情是不能幹的，讓我著實費了好一番工夫，才讓書君將異能用得這麼出神入化，可是面前這些又不是自家妹妹，不但是皮粗肉厚的傭兵，還是教育失敗的一群！

「兩個人一組，試著用異能來阻擋我的冰能，不然就等著被凍成冰棒！受不住凍，想出手打我也可以，你出一拳，我會揍你十拳，你踢一腳，我會讓你骨折，反正有大哥在，我不用擔心打殘你們。」

不會打殘？眾人看向我身後那人，一臉「那老大的黑眼圈怎麼還掛著」的表情。

我打人專打臉，不行嗎？

思考了一下，我開口說：「凱恩，你先過來做個示範。」

他咕噥著走上前來，「我就知道你討厭我。」

「你的能力是火，照理說，應該比較能抵抗我的冰能。」

這次真不是公報私仇。

「就算是真的。」這傢伙繼續咕噥：「你還是討厭我。」

我沉默了一陣子，豁出去的低吼：「對，我就是討厭你！誰讓你當初看著我出門卻不阻止，完全不管我死活。」

「啊？為什麼要阻止你出門？」凱恩有點莫名其妙地反問。

還裝傻！我怒道：「你不覺得我跑出去會有危險嗎？我只是十八歲的孩子啊！」

我忽視周圍所有人露出「是有危險，異物有危險了」的眼神。

「這附近的異物都被我們斷子絕孫了。」

斷子絕孫這詞不是這麼用的！

凱恩理所當然地看著我說：「而且你也十八了，還分不清楚哪邊該去，哪邊不該去嗎？」

「……」我覺得我們的思考方式又不在一個平行世界上了。

凱恩拍了拍我的肩，露出潔白牙齒一笑，說：「沒關係啦，雲茜也討厭我，多一個你又沒差，別打我臉就好，雖然老大的黑眼圈很性格，不過這麼性格，還是留給老大專用吧。」

……您還真豁達。

我突然覺得自己的心眼又針尖了，就這麼個笑得能拍牙齒廣告的天兵，自己還跟他計較這麼久，結果對方根本就沒有厭惡自己的意思。

耳朵有點熱。我故意怒吼：「現在是世界末日，什麼討厭不討厭都不重要，活著最要緊！我會好好鍛鍊你。」當作補償。

用力抓住凱恩的手臂，冰寒的能量就送了過去。

一個肌肉大男人放聲尖叫：「哇啊啊啊——好冷啊、超冰啊！求你還是不要討厭我，求放手啊！」

叫叫叫個屁，有沒有一點男子氣概？看那個……雲茜啊，一聲都不吭呢！人家才是真男子漢！

不過，她是水異能，對冰寒的適應力比較強。

我讓傭兵團從這個叫到那個，再從那個叫回這個，連三個拖油瓶都沒放過，就是寡言的丁駿都喊得十足慘烈，幸好附近的異物在前陣子都被大哥他們剿完了，不然叫成這副德性，我們沒被異物包圍都奇怪。

直到把冰能用得乾乾淨淨，我這才跟大家宣布：「今天的訓練就到這吧。」

這話一出，眾人簡直像是被特赦免去死刑一般，激動得又哭又笑，沒有半點專業傭兵的樣子。

這時，回頭拿起放在一旁的冰棍，我才想到能量都用光了，今天的冰棍製作進度等於零，要是以後都得這樣訓練傭兵，長槍都不用做了。

想想今天大家都有參與練習，連叔叔嬸嬸都沒例外，要是末日前，我讓叔嬸叫得這麼悽慘，家暴不孝子的頭銜可以冠一輩子，但現在嘛，呵呵，我還能得一個謝謝指教。

全部的人只有書君沒練習，她已經不需要這種基礎訓練，以後不如讓書君幫我分擔一半的訓練量，專門訓練進度落後的成員。

「以後由我和書君兩人負責訓練，你們先分成兩邊……」

方圓三尺立刻淨空，所有人都站到書君旁邊。我冷笑了一聲。

「書君，妳先試試。」我比了比雲茜，剛才就屬她最輕鬆，吭都沒吭一聲，榮獲今日男子漢頭銜。

書君點了點頭，溫柔地牽起雲茜的手，還露出可愛的微笑。

「雲茜姐，要開始囉！」

然後，全傭兵團最後一個男子漢也消失了。

很好，回房間洗洗睡了。

從浴室出來，正打算找書君幫我吹頭髮時，卻一眼看見大哥這尊大神坐在粉紅小花床上，背景是薰衣草色的牆紙，兩眼還帶著黑眼圈。

大哥，你知道自己的形象已經蕩然無存了嗎？

等等，大哥手上把玩的東西怎麼這麼眼熟……

「放開那柄長槍！」我急急地喊。

雖然是才做五天的孩子，但五天也是時間啊！本還想著再做個兩天就要拿出去打獵，要是再被融成一灘水，我就、我就……兩個黑眼圈都敢掛著見人，我真不知道能拿這樣的大哥怎麼辦。

大哥抬起頭來，問：「小宇你喜歡用長槍？刀劍不行嗎？如果是刀劍的話，應該不難找到比較好的物件。」

好啦，我知道這把槍很醜，但拜託你先放開它，饒了它一命吧！

大哥終於把長槍放到床上，我鬆了一口氣，這才回答：「以前剛開始能用的武器就是把菜刀綁到長棍上，用著用著就習慣了，我也會用刀，但棍子要得比較好。」

異物這玩意兒，大夥都想離他們越遠越好，要不是子彈不夠用，根本沒人想肉搏，所以當然是一寸長一寸強，能遠遠地就把異物捅死最好，所以長棍變成最好的替代品，等到後來，我使棍使得很順手，也就這麼沿用下來。

大哥點了點頭，「那我試著給你找柄長槍來。」

「不用了，長槍不好找，我這個武器也只是臨時用。」

「臨時用？那正式呢？」

「完完全全用冰晶凝結成的長槍和匕首。」

我從胸口掏出一塊長形冰片，只有半個巴掌大小，而且厚度之薄，彷彿三、四張紙疊在一起而已，但就是這麼薄的一片，卻能夠擋住那把出生五天的長槍，甚至是之前做了一個月的冰棍。

但我也就做出這麼薄薄一片，現在都把它貼在胸口當護心鏡，未來，它會成為我的副手武器匕首，等到製作壓縮冰晶的技術更純熟後，再來做主力武器長槍，整個製作過程可能要花個五年以上，根本急不得。

大哥拿過那冰片，翻來覆去的看，不時敲擊，顯然也發現冰片的硬度非同小可，讚嘆道：「小宇你果然有實力。」

我不敢領這稱讚，若重活一次的人是大哥，說不定這時都征服半塊大陸了，自己卻還在做新手武器，怎敢驕傲。

但是，大哥你半夜過來到底想說什麼，就快說吧，君君還要回來睡覺，熬夜可是美容的大敵！

大哥看了我一眼，我忍不住開口說：「大哥，你消掉那黑眼圈吧！」

「怎麼，你自己打的還不敢看嗎？」大哥似笑非笑的說，卻順勢把黑眼圈消掉，快得只是一眨眼。

大哥的能力著實古怪，似乎和治療能力有點出入，當初那小琪的治療能力可遠遠沒這麼威，更別提融化冰棍這樣的能力，但是我卻想不出有什麼能力可以治療傷口又可以融化冰棍。

說到底，關薇君就是井底之蛙，稍微高階一點的能力就觸摸不到了，很多事情都是道聽塗說，卻不知道正確性如何。

重活的優勢也就這一、兩年吧。我有點憂慮，如果疆家人真這麼一路衰下去，就算有重生這犯規的技能都扛不住！

一階異物、陸仁傑、腦魔……哪一個都不該是現在就遇上的東西。

「凱恩是貧民窟出身的，那裡的孩子早當家，對他來說，十八歲的你早就是個成人了，自己的安危就該自己負責，他沒有別的意思。」

我看向大哥，原來是要過來解釋凱恩當初的舉動。

「那一次的事情，我對他也有些生了氣，但和其他人討論後，卻認為這附近的異物都被我們剿清了，從你出去的時間長短和帶回來的物資數量盤算，應該沒有跑太遠，所以乾脆讓你出去透透氣，免得越悶越鬧彆扭。」

我思考一陣便懂了，疆書宇不會開車，在其他人想來，就算我想偷開車，也沒有辦法發動沒鑰匙的車輛，所以他們是用步行來計算我能抵達的區域，結果，我卻是開車出去的。

所以，大半事情都是誤會，因為一開始，我隱瞞進化結晶的事情惹惱傭兵們，眾人對我的態度很是針鋒相對，接下來發生的所有事情都讓自己朝壞處想了。

「大哥，我的心眼是不是真的很小？」我有點失落的問。關薇君就是個心胸狹隘、眼裡容不下一粒沙的爛女人嗎？

大哥揉了揉我的頭，寬容的說：「你在末世活了十年，別苛求自己，只是以後有什麼問題就直接開口問吧，放在心裡比說出來糟糕多了。」

「……」我沉默又沉默，終究忍不住帶著控訴的語氣問：「大哥你當初為什麼要倒掉我的咖啡？你真的覺得我下了毒嗎？」

大哥面露尷尬神色，無奈地解釋：「以前有一次，我逗你逗得過分了點，當晚你就端了咖啡來給我喝，隔天我瀉肚子瀉到沒趕上飛機，延誤了一個很重要的任務。」

……疆書宇，你果然很威啊！居然敢給大哥下瀉藥，我覺得自己趁著大哥愧疚不會還手的時候打他兩個黑眼圈的壯舉都輸了！

「那年你才十二歲。」大哥一副很頭疼的樣子，坦承：「那一次你端咖啡進來的表情和以前下藥的時候一模一樣，所以我不敢喝。」

原來，我是被以前的疆書宇婊了，有沒有這麼自己坑自己的啊！

「但我不敢說自己完全沒想過你會下毒。」大哥停頓了一下，說：「不是指瀉藥這種無關緊要的毒。」

我一怔。

「其實如果你不說關薇君的事情，我和書君恐怕完全不會發現你有什麼不對，就當你失憶而已。」大哥苦笑道：「你的坦白反倒讓我埋了根刺，不時就會想起來，那時你又鬧著彆扭，難免就想多了，再來又只是一杯咖啡，我想不喝也沒什麼關係，所以才倒掉了。」

只是一杯咖啡，倒掉也無妨，確實沒錯，但卻代表終究有了懷疑，這懷疑既然種下了，會不會開花，又會不會結果呢？

以往還有著希冀，希望闕薇君是疆書宇的前世，希望自己只是忘了疆書宇的事情，希望自己真的是疆書宇！

但，疆書宇死了，我的心比冰異能更涼更冷。

「書宇。」大哥認真地看著我說：「很多人都曾心跳停止又被搶救回來，難不成他們都不是原本的人了嗎？」

果然聽見了。我握緊拳頭。

「你不需要故意去當『疆書宇』。」

居然連這個也察覺了。

疆書宇的個性很隨和，甚至有點濫好人，但他其實不怕大哥，發怒起來，叔叔嬸嬸的傷口都敢出手打。

這是書君口中的疆書宇。

我像嗎？

疆書宇不怕大哥，但是我……

「大哥，我一直都怕你。」

大哥一僵，臉色沉了下去，卻沒有太意外的表情，我想他大概也看出來了，即使最近我打他簡直是打著玩，就為了當不怕大哥的「疆書宇」。

「為什麼怕我？我從沒有傷過你。」

我沉默了一陣，還是決定坦承：「從醒來以後，我就知道自己是闕薇君，你們對我越好，我越是害怕真相被發現，後來實在受不了這種折磨，所以坦白了一切，但說出口後卻又擔心起來，或許有一天，你會放棄前世今生的說法，認定我不是你弟弟，然後把我活活掐死！」

「絕不可能！」大哥怒說：「書宇，你到底要多不信我？我是你大哥，絕不可能傷害你！」

看著大哥的怒容，我真的很想說：大哥，要不你現在立刻掐死我，否則就算將來全世界都告訴你「我不是疆書宇」，你還是要把我當作你弟弟，親弟弟！

可終究沒說出口，這話實在太矯情了，疆書天現在絕對不可能掐死我，現在的我就頂著疆書宇的外表，他怎麼可能在無法確定內裡有沒有換人的情況下，掐死自己的親弟弟。

我看著他，下定決心說：「大哥，你只要再懷疑我一次，就一次！我就會離開你和書君，再也不見你們，那樣對我們雙方都好。」

這話一出，大哥渾身一震，苦笑說：「你真把我當神了，難道就不許大哥犯個錯嗎？」

「你已經犯過咖啡的錯了，我沒走。」我固執地說：「還會再犯表示你真的不信我，我這個人又小心眼，一定記著不放，你忌我我怕你，這種兄弟不當也罷！」

「說的對！」大哥點頭贊同了，他放緩神色看著我，端詳得如此仔細，像是第一次看見自家弟弟。

他深呼吸一口氣，坦然的說：「你真是書宇，不會錯的，書君的眼光向來比我好，她從來就不懷疑你。」

我的眼眶突然一熱，這可不行，連忙眨了眨，努力壓下那股酸熱。

好吧，是疆書宇就疆書宇吧！只要大哥信我、書君信我，我就信自己是疆書宇！若是信錯了，真相被揭露，或許那時還能逃走，或許會直接被掐死，但都好過整天猜忌身邊的人，那種日子上輩子就受夠了，好不容易有個重新的機會，還得到可以不猜忌彼此的家人，怎麼可以重蹈覆轍！

大哥伸手揉了揉我的頭，說：「別怕，大哥會保護你們。」

眼睛又熱了，大哥你別說話了好不好？

但眼睛老發熱這點也讓我忍不住問：「我的個性真的沒有變嗎？」

至少疆書宇不可能像我這樣老想哭吧？

我始終覺得個性這點很奇妙，尤其自己還是個女人，跟一個男人的個性很像，到底是關薇君太男人婆還是疆書宇太娘娘腔……不過話又說回來，末世三十五歲的女人比安穩過活的十八歲少年更加豪邁，好像才是正常狀態。

大哥慢條斯理的說：「差別不大，所以你根本不需要刻意裝，故意裝出來的樣子反而讓我覺得你這幾天活潑得不太對勁。」

原來如此，太刻意的演技，零分。

「有一點比較不同。」

「什麼不同？」我有點好奇，也有點緊張，不過還是努力告訴自己別在意，反正大哥和書君都信我，還有什麼好怕的！

大哥嘴角一勾，好笑的說：「你以前不會一直偷瞄我的胸膛和腹肌。」

……原來平常偷偷意淫的事情早就被發現啦！糟糕，這個差別未免太大，疆書宇總不會看著男人的胸膛流口水吧！

「你都正大光明的看。」

「……」疆書宇你贏了，別說拍馬，就算搭火箭，我都趕不上你，你就是個妹又戀兄的大變態！

大哥揉了揉我的頭，說：「你一直都很羨慕我的肌肉，還說等聯考完，要買一堆健身器材回來練得跟我一樣壯，現在的你看起來真結實了不少，加油吧。」

原來如此，是我想歪了我道歉，不過，疆書宇，你還是省省吧！我天天吃君君燉的補品，吞了一大堆進化結晶，還要和異物生死搏鬥，到現在也不過練出一層薄肌肉，想練成大哥這樣，你乾脆被雷劈去穿越比較快！

我哀怨地看著自己的小身板，手臂是有肌肉沒有錯，肚子說不上有腹肌，但起碼很結實，不過這些和旁邊的大哥一比，通通就跟沒有一樣！

好，咱們普通人不跟男神比，我、我跟小殺比行了吧！

君君說他的腰可能比我還細，下次就去量量看，要是他敢比我壯，就叫君君餓他幾天不給飯吃，直到比我纖細為止！

不知聽誰說過這話，其實所有異能到最後殊途同歸，都只是能量的運用而已，那每年必來的黑霧其實是帶來了能量，開啟人體某個開關，讓人可以使用這些能量。

不過別說最後，關薇君離起跑點大概只有三公尺這麼遠，只能乖乖地開槍耍棍殺異物，最高只面對過三階異物，這還是末世八年以後的事情。

疆書宇在末世三個月就斃了兩隻一階異物，真是貨比貨得扔，人比人得死啊！不過，疆書宇吃的結晶可遠遠超過關薇君，我努力安慰自己上輩子不是太沒用，只是太蠢而已，打到的結晶都養渣男友了，還能強到哪裡去。

雖然這輩子發誓要成為冰皇，但現在這個時間點，人家冰皇說不定都帶著團隊征服世界去了，只是不在同塊大陸，消息還沒傳來而已……呃，應該不在同一塊大陸吧？雖然大陸的名稱不同，但還是可以對照一下，梅洲大致就是亞洲，雖然我不記得冰皇在哪一洲，但確定他末世前期不在這裡，亞洲的頂階強者好像是那個誰……又忘了。

夏震谷總是罵我連人類三大強者都記不住，但誰管他呀，記住哪邊有物資比較重要，那五穀不分的傢伙在末世初期連超市在哪裡都不知道，三大強者的名字能讓你吃飽嗎？

順帶一提，我本來以為那邊的大洋洲就是這邊的大洋洲，結果錯了，那邊的大洋洲是這邊的冰洲，也就是大哥差點回不來的地方。

冰皇遠在另一塊大陸，只能景仰，但是亞洲……應該說梅洲，確確實實有個頂階強者，如果能拉進傭兵團來，我們還不在末世橫著走嗎？但可惜連對方的名字都不記得，只記得他的姓氏好像很特別，到底是什麼呢？

「二哥，你在想什麼呀？」

我反射性回答：「想雷神。」

「你想吃巧克力？」

我抬起頭來，茫然地看著書君，「啊？」

書君無辜地看著我說：「物資裡面沒有雷神巧克力，大哥說那個太甜了，他不喜歡，所以我那時沒有拿，GODIVA可以嗎？」

人比人真的得死！我含淚點頭，以前吃不起，現在補吃！反正自己正欠熱量好練出一身肌肉。

說到肌肉，我朝著正在附近練飛刀的小殺揮了揮手。

小殺走過來，視死如歸的說：「輪到我練習異能了嗎？」

「手舉起來。」

他乖乖舉起雙手，雖然大哥說我之前的演技很假，但對傭兵團來說還是夠用了，現在他們面對我是乖巧懂事，真把我當傭兵團老二……這句話好像哪裡不對，總之，打大哥兩頓還是頗有收穫。

我拿出軟尺來量小殺的腰圍。

多一吋。

沉默。

從今天開始，我把 GODIVA 當飯吃！小殺吃素！

結果，書君說蔬菜比 GODIVA 還珍貴，不准吃素，我只能含恨放棄，自己多吃點 GODIVA 就是了。

飯桌上，我認真地交代：「大哥，如果你出去搜索的時候，有遇到實力很強、使用雷電異能，而且姓氏又獨特的人，就問一下姓名，攀點交情留個聯絡方式，然後回來跟我說他叫什麼名字。」

「交情已經攀好了。」大哥平靜的說。

我一震，連忙問：「真的嗎？他叫什麼名字？」

「疆書君。」

……雷電異能，實力很強，姓氏特別的「疆」書君，哇靠！

「雷神是男的。」好可惜，就差這麼一點，我又捨不得可愛的妹妹變性，只能含淚放棄。

「雷神？」眾人都頗有興致。

「巧克力嗎？」雲茜舔了舔嘴唇說：「那個很甜很好吃呢。」

「人啦！」一個個腦袋只有吃嗎！我惱怒的說：「冰皇、雷神、火王，這三個是人類頂階強者，都給我記好了！」

冰雷火異能，我們傭兵團都有，上輩子卻沒半個人成王稱霸，太失敗了！

「該不會……」凱恩嚴肅地說：「其實我就是——」

「不是你。」我搶白道：「火王不在這塊大陸，在梅洲的人是雷神。」

凱恩瞬間萎了，其他人則有志一同地看向書君，打從開始訓練以來，他們對書君的尊敬程度與日俱進，還紛紛覺得「原來做家事也可以練得這麼威」，於是紛紛搶著做家事。

曾雲茜努力洗衣服；百合打掃屋內連一顆灰塵都不放過；小殺負責曬衣服順便吹乾；鄭行翻土種菜一把罩；瓦斯不夠的時候，有凱恩在不怕沒火。

疆域傭兵團都快改名疆域家事團了。

現在反而三個拖油瓶最閒，我看這三個白吃白喝的傢伙很不順眼，蘇盈和沈千茹就算了，她們可以陪書君，還多少會做點家事，至於那個悶不吭聲的丁駿，哼哼，接下來就忙死吧！

百合震驚地結結巴巴說：「該、該不會雷神就是書、書君？」

我無奈了，剛剛說話都沒人聽是吧？「雷神是男的。」

眾人都鬆了口氣，看得我牙癢癢，真想喊一聲「通通到外面開始訓練」，要知道我多希望書君就是雷神，那我們都能在末世橫著走了！

「今天我想去中官市看看。」大哥突然開口說：「會多注意你口中的雷神，但是碰上的機率很低。」

確實很低，我也只是說說而已，不過，大哥居然想進城市去？我想了一想，也不是很意外，其實警局已經在城市邊緣，這附近大致沒什麼好搜索了，物資是不缺的，地下室早放不下了，缺的是槍械彈藥，但連警局之行都沒有多少斬獲，真要找到東西，一定得進城市了。

「書宇，你留下來看著家裡。」

我一怔，連忙說：「大哥我應該跟去才對。」

大哥搖頭說：「城市的路程遠，如果要找到好東西，一定得過夜，只有你守著家才能讓我放心離開幾天，我會把小殺留下來跟你一起守。」

……大哥，你這麼汲汲營營地讓小殺跟著我，是真的沒有別的意思嗎？

我想了一想，若是自己和大哥都離開，實在放心不下家裡，終究得留一個人下來，但也不能讓大哥留下來，再怎麼樣，傭兵團只有大哥才能指揮若定，我只是單兵能力強些，指揮是不成的。

「不如留雲茜給我，她會用狙擊槍，那是我比較不擅長的。」

關薇君可沒那麼好運可以找到狙擊槍這種高階玩意兒。

「好。」

我瞥了拖油瓶三人組一眼，說：「大哥，你把丁駿也帶去，想吃飯就要幹活。」

丁駿看了我一眼，仍舊一聲不吭。

我承認自己大男人主義了，只刁難丁駿，卻放過蘇盈和沈千茹，實在是下意識覺得女生還是待在家裡，能夠不參與戰鬥就不要參與，就算書君的異能攻擊力十足，我和大哥還是不想讓她跟著傭兵團出去，可以護著就護著。

實在不是件好事，但又改不了，實在是捨不得啊……

「書天、小宇啊。」嬸嬸突然開口說：「我也去吧。」

我一怔，脫口：「這怎麼可以！」

大哥皺著眉。

「我的能力是感覺到周圍的生物，可以讓書天他們及時避開危險，就讓我跟去，我和你叔叔才能放心。」

差點忘了嬸嬸的能力，這倒是真的有大用。我遲疑了一下，看向大哥。

沒想到，大哥只沉思了一下就點頭說：「好，嬸嬸妳跟著來，還有，蘇盈妳也得去。」

蘇盈慌亂了，甚至回頭看了書君一眼，但書君並沒有開口為她求情，不愧是我家妹妹，知道大哥是對的，聽話就是。

蘇盈只能硬著頭皮答應。

我了解大哥帶她的意思，蘇盈是精神系的，曾經和腦魔長期相處，若是又遇上腦魔那一類的精神系異物，她的抵抗力會比較強，可以出聲喚醒其他人。

大哥站起身來，對眾人說：「任務地點中官市，時間三天，立刻去準備，一小時後出發。」

說完，眾人喝了一聲後解散，訓練有素的程度讓我對這趟旅程放心許多，想想大哥當初都能從市中心衝出來，現在只是去外圈晃晃，眾人的異能又略有小成，應該不會有大問題。

下完命令，大哥自己卻沒去準備行李，因為書君代替他去收拾了。

他轉頭問我：「書宇，有什麼東西要我幫你帶回來嗎？」

我想了一想，說：「GODIVA。」

書君拿行李來的時候，又給我送來滿滿一盤甜點，其中最多的就是巧克力。

「二哥別擔心，當初我拿了好幾箱的巧克力呢！」

記得妳當時也就拿了幾箱東西而已，難不成裡面就是雞湯、中藥和巧克力嗎？連衛生棉都是我拿的！

書君對大哥說：「大哥，拿個小冰箱回來吧，二哥愛吃甜的，把小冰箱放在他房間，我就可以在裡面塞一堆巧克力了。」

總覺得自己的腰圍可能會有危機，我只想比小殺胖就好，要求不高，真的。

「小型發電機也要再拿一組，還有汽、柴油越多越好。」我連忙說，雖然覺得大哥應該知道要拿這些東西，但禁不住愛嘮叨，覺得不提醒一下不放心。

「好。」

我遲疑了一下，還是開口說：「大哥，別帶太多人回來，就帶一些看起來沒那麼多花花腸子的人就好。」

大哥看了我一眼，慢條斯理的說：「其實我沒打算帶人回來。」

沒想到大哥比我還狠，雖然不吸收新人，現下確實是會比較平穩，畢竟人多就是雜，即使大哥的傭兵團鎮得住場面，但新人多到一個數量，總會起紛爭，甚至個個都有自己的小心思，到時成群結黨都是有可能的事。

可是現在不收人，未來卻容易缺人手，到時再找人反而不如從現在培養的人更忠誠有用些。

就未來的走勢看來，聚集地是必然的，人畢竟是群居的動物，獨行俠不是沒有，但獨行俠終究得靠著聚集地存活，而像我們這種有組織的團體，聚集地的領袖不可能任由我們發展壯大，不是滾蛋就是被併吞且拆散。

我根本無法想像大哥當別人手下，甚至必須聽令行事的狀況，也不願傭兵團被拆得零零散散。

「我們需要人手，將來，我們可以建立一個聚集地。」

大哥看著我，「你想要建立一個基地？為什麼？」

我一怔。為什麼？因為不建立就得看別人臉色過活，大哥這麼威，不招人忌憚都難；小妹年輕漂亮又可愛，不惹人垂涎也難；就連我自己都有一張很惹禍的臉，這要怎麼活在別人的地盤上，我都不懂啊！

「我只是想要大家平安地生活在一起。」

書君立刻撲上來，緊緊抱著我，說：「一定會的！」

大哥微微一勾嘴角，「知道了，那就建個基地，我會著手準備，你不用擔心太多，一切都有大哥在。」

他伸出雙手，同時揉著我和書君的頭，這大哥到底有多愛揉人腦袋？

「書宇，你才十八歲，不過比書君大三歲，還是個孩子，不需要擔憂那麼多。」

「現在是末世，大哥。」我白了他一眼，沒好氣的說：「異物咬我的時候可不會管我幾歲。」

「有大哥在，沒有異物可以咬到你。」

好吧，我承認自己聽到這句話的時候很爽，就算知道這輩子不可能選擇讓人保護，但有人肯護著自己，還是讓人高興的事情。

「有空檔就去談談戀愛，你也十八了。」

……大哥，我真心還沒決定好要喜歡哪個性別，求你給點想清楚的時間。

我回手就是一擊，「大哥，你都二十七了，何時給我生個小姪子？」

大哥想了一想，說：「雲茜問過我，能不能給她一個孩子，如果你也想要姪子，我就答應她。」

大哥！你的節操呢？被異物吃了嗎？被當作生孩子的工具都能接受？

「不行！」書君生氣的說：「大哥你只能跟大嫂生小孩，其他的如果生出來，我就丟掉！」

說的好啊，書君，丟掉！

大哥低低地笑，揉著弟妹的頭說：「好，不生就不生，丟掉就丟掉。」

書君還是嘟著嘴，暗暗朝我丟來一眼，我回她一個「了解」的眼神，兄妹心有靈犀一點通。

這大哥，得看好！

第三章

紅如血豔似花

今天是大哥走後第三天，這幾天我把雲茜都丟給書君訓練了，只想盡快把冰槍弄到至少可以使用的狀態。

這次的新手武器起碼得用上三、五年，所以我不打算馬虎，一層層的冰晶都壓得非常牢實，但也更費工夫了，幸好現在的實力比之前好，能夠壓縮的量也增加了，算起來差不多也是要做一個月左右——喔不，這次多了槍頭，可能要再加上十天。

正好大哥最近要跑中官市，自己大概都得看家，倒是配合得剛剛好。

不過，之後到底要怎麼辦呢？我總不能一直看家吧？這樣就算分得到結晶，還是缺少實際戰鬥的經驗，絕對不是件好事。

但總有人要待在家，真苦惱啊……

「二哥，吃晚飯囉！」書君探進頭來，她好奇地看著冰槍，讚嘆：「你的長槍越來越漂亮了呢！」

是啊，再怎麼醜，被包上一層壓縮冰也能見人了，而且這次還壓得特別牢實，透明的冰都變得有點乳白色，正好將掃把棍和爛匕首的真相遮掩大半。

我站起身來，提著長槍跟妹妹走。

「二哥你吃飯帶著它做什麼？」

我低頭看了長槍一眼，說：「習慣拿著了，而且冰冰涼涼挺舒服的。」

現在是九月了，天氣還頗熱，這狀況和上輩子差不多，整個世界的溫差開始變大，隨著時間推移還越來越大，四季分明到就算穿越也不會分不清楚季節，幸好溫差的問題到末世五年就穩定下來了，要是溫差再繼續大下去，異物都活不了，更別提人了。

接下來的日子，春天萬物齊放，各種異物瘋狂進化，尤其是植物，這個時候最好別出城，但出城的收穫也最多；夏天熱到能脫水死人，不少人為了一口水能互鬥到死；秋天倒是個好季節，撿拾野果來吃都能活命；冬天不用提了，一年當中，冬天死的人最多。

「最近是挺熱的。」

我倆一起走向客廳，書君似乎想到什麼，擔憂的問：「二哥，你是冰異能，會不會怕熱？還是我去開冷氣吧？」

小型發電機不怎麼夠全家用，家裡向來不開冷氣。

看見書君一副怕二哥會融化的擔心表情，我笑了出來，說：「妳想反了，我肯定是家裡最不怕熱的人，我自己就是個冷凍庫，以後練強一點，我都能當家裡的冷氣機了。」

書君「喔」了一聲恍然大悟，頗有興致的問：「那二哥你怕冷嗎？」

我搖了搖頭。

「真好呢！凱恩是不是也不怕冷熱？」

「嗯，其實進化結晶吃越多就越不怕冷熱，因為身體會變得強悍，更能適應環境。」

書君點了點頭，恍然的說：「難怪呢，天氣這麼熱，以前不開冷氣真的會熱到吃不下睡不著，現在倒是還可以忍耐。」

走到客廳，叔叔、雲茜和沈千茹都在，這唯一留下來的拖油瓶還算有自覺，這幾天都幫著書君煮飯和做家事，讓我覺得順眼了一點，雖然書君說她只能幫忙切肉切菜，實際做飯絕對不能讓她來。

炒個肉舀了一湯杓的鹽下去調味，還炒焦半盤，讓書君只好把肉洗洗拿去後院餵雞——是的，經歷過黑霧的雞，下的蛋又大又圓，可好吃了，但是只有兩隻，數量完全不夠分，希望大哥這次去城市能夠找到更多家禽。

「不知道大哥能不能找到一些種子回來種。」書君皺眉看著滿桌的肉，只有一些罐頭或者冷凍蔬菜，像是玉米青豆什麼的。

「好想吃新鮮蔬菜喔。」

我也想吃，但不敢搭話，上輩子，末世三個月時期，熱騰騰的食物就已經是不敢奢望的天堂，還想吃新鮮蔬菜？

「二哥來，吃個蛋。」書君笑咪咪地夾了顆荷包蛋來，比巴掌還大，「特別給你煮的半熟溏心蛋。」

我看著那顆蛋，蛋黃和蛋白分明，煎得嫩嫩地恰到好處，書君的手藝真是越來越好了。

雖然覺得日子美好到讓人有罪惡感，不過還是希望這樣的天堂可以持續到永遠。

嗯，有大哥在，一定沒問題的！我夾了塊蛋，美美地吃了起來。

不料才咬一口，外頭卻傳來瘋狂的咕咕叫，莫非雞知道我在吃牠的蛋不成？

雲茜立刻站起身來，說：「我去看看。」

我依依不捨地看了蛋一眼，滿桌子只有自己和叔叔有蛋吃，還讓別人去做事，實在良心不安，連忙阻止她，說：「我去吧，妳警戒一天也累了，好好坐下來吃飯，八成只是那兩隻雞又打架了。」

雲茜沒多堅持，聳聳肩就坐下來吃飯。

我推開椅子站起來，一時忘了長槍還靠在椅背上，「啪」的一聲倒地，隨手撿起來以後，就直接朝後院的方向走去。

雞被關在籠子裡，關大型犬用的不銹鋼鐵籠，現在的雞大小有以前的兩倍多，而且力氣不輸給大狗，那鳥喙又大又堅硬，完全能啄穿木板，不用鐵籠實在關不起來。

偏偏這兩隻雞又看對方很不順眼，動不動就要互咬，可惜大哥再也找不到這麼大的籠子，不然分開關真是省事得多，唉，之前就忘了叮嚀大哥找些籠子，希望他會記得了，以後要關的家畜可能很多。

果真沒錯，這兩隻雞又在發瘋，在籠子裡撲來跳去踹籠咬鎖樣樣來，瘋得比之前都厲害。

我皺了皺眉頭，這兩隻雞沒有互咬，那到底是在瘋什麼？

努力思考以前有沒有出現過這樣的狀況，記得有地方可以暫居的時候，我已經被之前逃亡的日子餓怕了，食物是越多越好，養家畜是一定要的。

我都不知道阻止夏震谷多少次，讓那白癡別把抓到的動物或異物立刻吃掉，尤其是雞鴨之類養著能生蛋的，他敢吃，我就生吃了他！當然，這是指還沒有變強的他。

隱約記得，那些家畜偶爾也會沒來由地發瘋，尤其是……

有危險的時候！

我一震，反射性轉身一看，周圍的住家卻仍是安安靜靜半點聲響都沒有，但房子、圍牆和樹可以遮掩掉太多東西，在這裡看不清楚，所以我立刻轉身進屋，朝閣樓和屋頂的陽台衝上去。

上了陽台，我四下張望，周圍的社區還是一點動靜都沒有，這裡被大哥他們清得可乾淨了，狗都找不到一條。

是我太緊張了嗎？這雞搞不好只是沒事發瘋運動一下而已——等等，遠方的天空好像有點……

我瞇起眼睛，天色黑了，現在沒有光害，星空倒是漂亮，但缺乏光線也讓人看不清東西，只覺得某處天空好像有一處特別暗，而且還有種……在動的感覺？

我盯著看了一陣子，有點懊悔當初沒讓百合留下來，她的視力可好了。

等等，那是——

鳥群！

我一愣，連忙從陽台衝進閣樓，從瞭望孔中觀察鳥群前進的方向。

如果是普通的鳥群，還會有著以往的習慣，不至於衝進屋子裡來，但若是異物鳥群，那可就難說了。

這鳥群前進的方向有點不妙，如果不轉彎，肯定會經過這裡。

我連忙轉身下樓，必須告訴書君她們，現在要保持絕對的安靜，如果那些是變異鳥群，又被他們發現這裡有「食物」吃，那我們真的會變成菜餚！

一到客廳，書君就喊了聲：「二哥。」

我連忙比了個「噓」的手勢，立刻輕聲解釋鳥群來襲的事情，讓大家都保持安靜。這點倒是一點困難也沒有，四人在我一比出安靜手勢後，就連一聲都沒吭過。這素質真不是上輩子能比的，想到以前若是遇上異物來襲，那各式各樣的狀況都會發生，尖叫的家庭主婦、亂跑的小孩、隻身衝出去以為可以逃走的壯漢，簡直什麼天兵活寶都有，要控制情況是難如登天。

簡單說明後，我們正打算安安靜靜等危機過去，不料卻突然聽見一陣「咕咕咕」的叫聲。

糟糕，雞還在外面！

我連忙衝去後院，雲茜也跟著過來了，打開鐵籠，兩隻雞立刻朝我們衝過來，當然不是要撲向我們的懷抱，而是要逃走，我和雲茜一人抓住一隻，但這雞瘋得厲害，拚命掙扎，就是不肯乖乖讓我們帶進屋子去。

其實，雞的掙扎力道對我們兩個並不算什麼，只是擔心太過用力，雞會被弄死，一旦雞變成異物雞，那就更難飼養了，雖然異物也能吃，但味道就不能保證了，很多異物甚至有毒，如果可以選擇，當然還是要吃沒有異變的動植物。

我抓著撲踢不斷的雞，抬頭朝天空一看，鳥群已經清晰可見，只是礙於天色，看不清鳥的外觀。

「書宇。」曾雲茜低聲說：「那個距離下，鳥的大小不對，這些鳥太大了，雙翅張開起碼有兩米以上，有些可能達三米。」

耳邊傳來咕咕叫，我立刻伸出手，一把扯斷雞脖子，然後又伸手把雲茜抓的那隻也斷了頸，然後把兩隻都結冰，免得變成異物找麻煩。

將死雞都遞給雲茜，我輕聲說：「妳回客廳去，預備好武器，讓我叔叔和書君也拿好槍，我去閣樓看看。」

至於沈千茹，不是我偏心，而是她沒好好練過射擊，慌亂之下，射中自己人的機率不比敵人低，不如乖乖待在後方，別添亂就好。

雖然，書君的異能頗強，雲茜也頗有小成，但看鳥群的數量和大小，若真打起來，她們的能量恐怕支撐不到打完鳥群，還是得用上槍械。

再次上了閣樓，我拿起原本就放在這的軍用望遠鏡，大哥買的東西，品質就是好，就算現在晚上只有星光，但是一用望遠鏡看，鳥的形體清楚無比。

這鳥，豔紅如血。

曾雲茜說的沒錯，展翅至少有兩米，但領頭那隻絕對超過三米，說超過四米我都信，而且他們的身上不是羽毛，卻是薄膜狀的翼，看這翅膀與其說他們是鳥，其實更似蝙蝠，但頭部又比較像鳥，但不管是蝙蝠還是鳥，肢體都不會覆蓋著一層鱗片。

這鳥群不好惹啊……我對疆家的運氣又有了新的認知，數字不斷在上修，前面要加個負號的那種上修！

難怪疆家人都這麼威，就這運氣，沒有高超的實力早就斷子絕孫了，還能延續到現在有我疆書宇？

鳥群越飛越近，我想不能期待領頭鳥會稍稍偏離角度，疆家人運氣實在不可信，但沒有意外的話，鳥群應該不會停留，這附近被清剿得很乾淨，沒有理由會引起鳥群的注意……等等，太乾淨本身似乎就是一個問題？

這、這鳥應該還沒那麼聰明吧？

踏媽滴，我又想起疆家人的負分運氣，沒把握啊！

我舉著望遠鏡，看著那鳥群朝著自家方向漸漸飛過來，注意力全在那隻領頭鳥身上，那隻鳥的體型大得有點太誇張，看他的外觀和其他鳥差不多，應該是同一種鳥類異變的，這麼說起來，他會特別大的原因很可能就是階級不同……

遇上疆家人，一階異物都爛大街了！看來我必須快點累積實力，哪天去超市找包泡麵就撞上二階異物都不奇怪。

領著鳥群的一階異物，我感覺到心臟跳得特別用力，這時卻突然想起自己不避不逃的誓言，不由得苦笑，還真是大話，哪有這般簡單，至少現在連出聲都不敢。

自己果真太膽小，都是一階，人家在天空飛，自己卻躲在屋裡，大氣都不敢吭一聲，都說人比人得死，現在是人比鳥也不能活啊！

最近是不是太過鬆懈？這麼多異物都上了一階，其實自己重生的優勢也沒比異物多到哪去，居然還這麼悠哉地在家裡做冰槍，甚至打算做上一個月。

想想不久之前，自己不也是邊做冰棍邊出去打異物，哪有沒棍就不敢出門的道理，若是有敵人像大哥一樣能夠融化我的冰，難道沒了武器就要等著當菜餚嗎？

不行，這樣下去簡直浪費自己重來一次的優勢，接下來的日子就是會被大哥上銬關一輩子，偶爾還是得偷溜去獨自打獵才行，如果留書後偷溜個五到十天去中官市，不知道大哥會有多生氣？

我打了個哆嗦。

鳥群已近在咫尺，我連胡思亂想轉移注意力的工夫都沒有了，瞪大眼看著那隻領頭鳥，腦海中突然閃過一個名詞。

花屍鳥。

紅如血，豔如花，身覆鱗片，視力絕佳，有群聚性，好像還有一些特性，有點不記得了。

其實我遇過的異物種類不多，畢竟實力低下，只要出點動靜，逃命都來不及，怎麼可能留下來觀察眼前的異物長啥樣，但是卻輾轉聽說了不少。

不知為何，在我們那個小聚集地，我的人緣著實不錯，除了正受到夏震谷寵愛的那個女人會看我不順眼，其他人都不會對我有什麼意見，甚至還很愛找我說話，而自己反正閒著沒事幹，因為夏震谷不容許他的「女朋友」去做差事，會丟他的面子，所以就這麼聽故事聽了好一段時間，末日的故事自然是各種從異物口中逃生的事件居多。

那群花屍鳥飛過屋頂，聽著振翅的風聲，滑順中偶爾用力搧一下，這節奏絕對是要直接飛過去，我鬆了口氣，幸好他們沒有停下來。

砰！

我一僵，這是槍聲？聽這距離就是樓下傳來的。

還來不及擔憂樓下發生什麼狀況，我聽見那些翅膀振動的聲音變了，不再是滑順，而是連續搧了好幾下，像是撲打翅膀要急停的聲音。

接著，落了一陽台的紅鳥。

我屏氣凝神，絲毫不發出動靜，只希望樓下也不要再傳出任何動靜來，但樓下到底是什麼狀況？

忍住滿心擔憂，我悄悄從瞭望孔往下看，幸好後院沒有鳥，看來都落在陽台和屋頂上了。

快走吧，這裡的肉還不夠你們塞牙縫啊！

陽台上，巨大的花屍鳥正探頭探腦，不斷從窗戶窺伺閣樓，我只能緊貼牆壁，不讓他們有機會看到自己，但是有隻鳥卻直接啄破窗戶，探頭進來，他覆滿鱗片的腦袋就在我的正上方，這下真完了。

我握緊冰槍，忍下滿心恐慌，現在該做的事、也是唯一能做的事，就是捅穿這隻鳥的腦袋，然後死命往外跑，帶著最後一絲希望，這些鳥能夠通通被自己引走，不會發現書君他們……

那隻鳥突然把腦袋縮回去，就在我出手前一秒。

我用極其緩慢的動作轉頭看向瞭望孔，滿陽台的鳥都看著同一個方向，那裡有光……是車燈！大哥他們回來了！

突來一聲淒厲的鳥叫，花屍鳥群紛紛起身飛走，見狀，我立刻衝下閣樓，把階梯扶手當滑水道，甚至直接踩在牆壁上，一路飛快地衝到客廳。

四個人都在這裡，一個都沒缺，我來不及打量他們的神色，從叔叔手上搶過機槍。

曾雲茜一臉慚愧地說：「書宇，抱歉，我沒控制好情況……」

我沒理會她，直接踹門衝出去，朝著夜空瘋狂開槍。

大哥他們坐在車裡，現在天色又暗，這麼大群的花屍鳥若直接朝他們衝過去，搞不好連車子都會被掀翻過去，必須讓他們有所警覺，順便阻一阻鳥群的腳步。

漫天的花屍鳥轉了個大彎，紛紛空中迴旋，看向我的方向，被這麼大群異物鳥盯著看，心臟都快速跳動起來，既緊張萬分，卻又有那麼一點……興奮。

那隻領頭鳥和我同是一階，他高飛我躲藏，哪是「憋屈」兩字可以形容，但他身旁的鳥屬下那麼多，一鳥吐一口水都能淹死……不，這輩子估計我怎麼死都不會是淹死，雖然不是水系異能，不過好歹是冰系，就算掉進海裡，我也能做出一艘冰小船。

總而言之，現在是他有鳥群我有大哥，誰怕誰！今天晚餐加菜吃鳥肉，以告慰那兩隻雞的在天之靈。

我無視天空的眾多紅鳥，轉過身，直直地看向自家屋頂，一階領頭花屍鳥就停在閣樓上，整隻鳥幾乎和那間小閣樓一樣大，乍看之下，那閣樓像是玩具屋似的。

花屍鳥正回看著我。他有一雙黑瞳，瞳黑大得幾乎看不見眼白，這點倒是與一般鳥類沒有多大不同，只是因為體積較大，那雙眼也等比例放大，看起來格外瘆人。

但那不是鳥的眼神，若非外型不同，簡直和一個人沒兩樣，他高傲地微揚鳥頭，審視、打量著我，像是在評斷眼前這人夠不夠分量讓他出手。

我舉起手上的機槍，這是一把突擊步槍，猜測型號可能是 LA85A1 吧，末世第一年有這把槍在手，只要有子彈，活下來絕對不在話下，但是面對閣樓上那一隻，如果要用槍幹掉他，我可能需要一把巴雷特 M95。

上輩子活在最危險的都市只有掃把棍，這輩子活在郊區卻得要巴雷特，我都不知道該不該羨慕疆家人了，這難道就是能力越高責任越大，所以每個英雄都有遇不完的倒楣事嗎？

背後的鳥群鼓動翅膀聲音越來越大，隨後卻是一連串的槍聲，看來大哥他們已經反應過來了。

這時，花屍鳥仰頭長叫一聲，他的脖子上有一圈白紋，對了，這應該是母鳥，記得當初聽故事的時候，那人說過母鳥的脖子上有花紋。

後方，鳥群的聲音又遠了些，肯定是去對付大哥他們，而我的對手是這隻白頸花屍鳥，她盯著我看，那眼神的意思如此明確，彷彿在說：你的對手是我。

這鳥真是有性格——這不是件好事，看來，異物會說話的時間或許比我聽聞得更早，只是要到眾人皆知的地步，又多花上一點時間而已。

「小宇！」

曾雲茜、書君和叔叔衝出來，手上全拿著槍，只有沈千茹不見蹤影，八成雲茜嫌她礙事，不讓她出來。

我的拇指朝後一比，說：「去大哥那邊對付那群鳥。」

他們正背對著白頸花屍鳥，完全沒注意到她，但我不擔心他們會被偷襲，這隻鳥有股傲氣，就像個女王一般坐在王座上，鳥群就是她的騎士，恐怕只有同為一階的我，她才會親自出手。

書君遲疑的問：「我、我也可以去嗎？」

「快去。」

我倒是毫不遲疑，看看這次躺在家裡都禍從天降，疆家人威力無窮，書君必須早點開始實戰訓練，若真有個意外情況，她才可以自保。

這個機會也正好，可以從非人形異物開始練習，雖然不管什麼種類的異物都不算是人，但若是頂著似人的外觀，要殺他們的心理壓力總是會比較大。

我實在捨不得書君一開始實戰就擔負殺人的壓力，鳥型異物是個不錯的開端，當作雞鴨殺就對了，沒電成焦炭的部分還能吃呢！

「書宇你到底在看什麼——」

叔叔納悶地正要轉身看，我一聲「別看，快去」嚇了他一大跳，幸好叔叔很聽話，他轉身轉到一半就僵住不動，隨後書君立刻拉著他，連同雲茜，三人急匆匆地從我旁邊經過。

「二哥你小心點，可別受傷了。」書君匆促地說。

我一個揚眉，怎麼可能不受傷，對面可是一階花屍鳥。

「我盡量。」

聽到腳步聲遠了，我左手提槍右手拿棍，這次沒有在腳底化出冰刀，那種移動方式不夠熟練，還不能用在這種要命的實戰中，只要一個失誤可能就跟世界說再見了。

白頸花屍鳥先是張翅長叫一聲，隨後伏下鳥身翅尾朝天，隨時可俯衝而下，而她也真的這麼做了，完全不拖泥帶水，直接朝著我衝過來，宛如一顆鳥形砲彈，若是被正面擊中，恐怕我會變成一堆美味的絞肉。

我立刻舉槍朝著她瘋狂掃射，但果然沒有太大用處，這鳥很可能遭受過不只一次的槍擊，所以朝著可以防彈的方向進行，這才進化出鱗片來。

把槍一扔，我站在原地紋風不動，在鳥即將撞上來的前一刻跳躍起來，利用冰槍觸地彈躍得更高，此刻，底下是一片紅羽，或者該說紅鱗，這花屍鳥的異變尚未完全，翅上還有羽毛，並非全部都轉為鱗片，半羽半鱗。

我放心許多，一階花屍鳥尚且如此，那些沒階的鳥屬下肯定怕子彈，就算大哥他們的異能還不能熟練運用在戰鬥中也不要緊，子彈狂掃就是了。

此時，升空的力道將竭，我立刻利用這股下墜的衝勢，朝著白頸花屍鳥的脖子刺出第一槍，但她的警覺性非常高，瞬間一個側翻，在空中轉了個大彎，槍頭只擦過她的頸側，削掉幾根羽毛，也不知道有沒有受傷。

我一邊下落一邊凝結出十把冰刀，朝她的肚子射過去，雖然頭部才是致命傷，但多製造幾處傷口總是有用的，而動物形的異物在肚子部分往往比其他地方柔軟。

我落到地上時，飛刀也叮叮噹噹掉了一地，眼睛緊盯白頸花屍鳥的動向時，心裡默數那些聲響，十聲不缺，可惜。

這時，花屍鳥短促一叫，聲帶怒意，難道頸子上一擊傷到她了？

雖然，攪爛頭部才能真正殺死異物，但要是脖子斷了，剩下一顆頭，就算這腦袋瓜會口噴雷射也不怕，這鳥頭上的鱗片不少，顯然特別強化過這弱點，斷她脖子應該會容易得多，所以我決定主力攻擊頸子。

現在唯一的困擾是她飛在空中，只有下來攻擊的那一瞬，我才有辦法出手，被迫選擇後發制人，不，是後發制鳥，這不禁讓人想起冰皇的戰鬥，真不知何時自己才能達到漫天冰道，空中地面無界限的地步。

白頸花屍鳥再度來襲，從那短促響亮的叫聲可以聽出這鳥怒了，這提醒我現在的異物可不是末世十年的那一群，而是剛「出生」不滿半年的寶寶，動物本能居多，一階異物偏偏又開始產生意識，宛如孩子，喜怒不定且急躁冒進。

我再次化出十來把冰刀，品質甚至比剛才的還差些，趁著鳥飛低的時候，接二連三射出去，原本她還會稍微側飛避開，或者揮翅將其打落，幾次下來，她似乎也發現這些飛刀根本沒有威脅性，連羽毛都打不太下來，更別提鱗片了，接下來，她就再也不理會那些小冰刀，專心對付我。

白頸花屍鳥幾次起落，我們兩個都添了傷口，她的鳥喙劃過我的左手臂，我用冰棍打中她的翅膀，都不是什麼大不了的傷勢，雖然傷口或許不小，但只要能活動就算沒事，在這種高度警戒的狀況之下，我甚至感覺不到痛。

對面那隻鳥顯然也不把翅膀上的傷當作一回事，只是變得更加憤怒，想來也是，一階異物又帶著這麼大群鳥，我想現在應該沒有多少對手能夠傷到她。

在半空中盤旋的白頸花屍鳥突然朝著遠方長叫，我快速轉頭一看，背後的戰況頗激烈，但是彈藥充足的傭兵團顯然占上風，其他花屍鳥不像這隻一樣不怕子彈，機關槍瘋狂掃下去，鳥群甚至不敢飛得太低，那些摔在地上的鳥屍已經告訴他們飛太低的下場。

不過，大哥他們對於飛太高的鳥群也沒法子，幸好這時白頸花屍鳥的長叫及時解圍，這剛出生幾個月的幼稚孩子大概是下令攻擊吧，那些鳥群又開始飛低衝刺，然後一隻隻被射成蜂窩摔到地上。

見狀，白頸花屍鳥怒了，一張翅，竟想轉移戰場，衝過去對付大哥他們，見狀，我立刻又是一個撐竿跳，在半空中射出十幾把冰刀，但她根本不在乎，直到其中一把刺進頸子，她發出吃痛的尖嘯，立刻又回飛面對我。

那把可不是隨便凝結出來的冰刀，卻是我的冰匕首，剛才那些沒用的冰刀不過是障眼法，為了讓她失去戒心，把冰匕首也當作小飛刀，不加以防範。

她回頭飛到閣樓上，停在上面，翅膀拚命拍打，不時發出痛叫，但冰刀不是那麼容易弄掉的東西，雖然冰系異能有凝結傷口的壞處，但也因為這樣，冰刀會凍在傷口上，不容易被拔出來。

尤其對沒有手指的鳥來說，要弄掉冰刀只能用翅膀打掉，一定會對傷口造成二次傷口，直接撕掉一塊皮肉都不奇怪，但傷口卻又在頸子上，花屍鳥不能太過用力，否則可能會撕裂喉管，那傷就重了。

這時，我跟著衝上閣樓，先是一個踩踏躍到二樓陽台，然後直接踩上牆面，每一步都在鞋底凝出一層薄冰，用力一踩便粉碎，但這瞬間的停滯已經夠我踏出下個步伐。

只要有地方可踩，再高的牆都擋不住我。

跳上閣樓，白頸花屍鳥一看見我就想要起飛，但我立刻朝她的頭頂射出十幾把飛刀來，她不敢再托大，為了閃躲只能降落到陽台，機不可失，我舉棍衝上去，一棍子朝頸子劈去，雖然落了空，但是緊接著一個横掃卻正中鳥身。

她痛極發怒，回頭鳥喙一張就咬住冰棍不放，就算我朝她射出冰刀也不管，根本不閃不避，任由那些刀子打在身上，可惜我沒有第二把匕首，否則……不，我還有一塊冰片！

正想抽手從胸口拿冰片出來，白頸花屍鳥卻拍打翅膀想起飛，重點是還咬著冰棍不放，我嚇了一跳，要是被帶上天空就死定了！

我立刻用力想抽回冰棍，不料這鳥還跟我槓上了，她緊咬不放，我卻不能放手，要是冰棍被咬走，她隨便拍幾下翅膀飛到遠方把棍子丟掉，接下來恐怕就只能期待大哥找到一把巴雷特了。

情急之下，我只好把自己結凍，雙手凍住冰棍，雙腳凍住陽台，莫名其妙開始與一隻鳥拔河。

她拚命拍打翅膀，不時打在我身上，到處都傳來火辣辣的痛，這鳥一發現傷到我，興奮得彷彿找到新大陸，雙翅拚命掃過來，那雙翅膀上的鱗片鋒利如刃，若不是我能在皮膚上結出冰層抵擋，這下都得變涮涮鍋了。

但即使能擋下來，卻化解不了力道，一擊兩擊打在身上，打得我全身悶痛不已，一咳，嘴角都滲出血來。

這隻臭鳥！我把冰異能順著冰棍延伸到鳥喙上，她原本還不怎麼在意，但隨著冰異能的加強，被凍得都顧不上攻擊我，一把放開我的冰棍，直打哆嗦拚命甩頭，趁著她凍得腦袋發暈，我立刻一棍子打中她的頭，讓整隻鳥撲跌在陽台上。

她暴怒到都顧不得飛行這個優勢，直接邁腿瘋狂衝過來，那腿可不是纖瘦無力的鳥仔腳，又粗又壯，若被踹中一腳，恐怕連肝都會吐出來。

我想跳開，但她一張翅就佔滿整個陽台，幾乎無處可逃，只能離開陽台，但現在可不能走，這隻鳥好不容易傻到忘記自己有翅膀可以飛，絕不能提醒她這點，一定要趁現在解決她！

再次瞄了下方的戰況一眼，大哥那方已經掌控整個戰局，滿天空的鳥起碼掉了一半在地上，很好，無須再有保留，只要解決眼前這隻鳥就好，其他的就交給大哥吧。

手一個握緊，冰能量源源不絕湧出直到籠罩住冰槍，整支槍通體發出寒氣，若是我以外的人敢拿起它，除非與我有同等甚至以上的實力，否則一握住的瞬間，半個身體就會直接結凍。

白頸花屍鳥對槍露出厭惡的神色，但卻沒有多少畏懼，畢竟同為一階，她不至於被冰能量結凍，但我自信地覺得至少可以影響到這隻鳥的動作。

冰槍一刺，不只是揮擊而已，還夾帶大量冰寒之氣，掃過的地方無一不結霜成凍，即使是同為一階的花屍鳥，被打中也是瞬間結霜，她都不知道抖落多少冰塊下來，許多動作都因此受到阻礙，沒能真正打中我。

但也只是「許多」，我還是被她踩了一腳揮中兩翅，其中兩擊尤其嚴重，當胸一翅讓我立刻噴出一口血箭，左小腿也中了一腳，幸好及時一個扭轉化解力道，沒讓這腳踩實，否則恐怕我的小腿骨都出來見人了，但即使如此，這傷還是嚴重影響到行動。

幸好，那鳥傷得比我更重，長槍或實或虛的擊中她五次，右翅那一槍更是撕裂她的翅根，打從那一傷後，她再也沒用過右翅攻擊我，也沒有飛起來，或許已經沒辦法正常飛行。

整個陽台和小閣樓被這場打鬥毀得面目全非，圍欄早就全毀，連地面都龜裂崩塌，我幾乎快沒有下腳的地方，但對面那隻鳥更慘，她的體積龐大，這搖搖欲墜的陽台快被搞垮了，鳥腳隨便一踏都會讓陽台劇烈震盪。

她似乎想離開這裡，只是翅膀的傷勢讓起飛變得困難，我又從中作梗，死不讓她飛起來，那鳥又急又怒，再次朝我衝過來，完全記取不了教訓，剛才分明好幾次都利用她的衝刺，我的長槍才有辦法刺穿她的鱗片。

長槍一刺，不料槍頭竟斷了！我駭得瞳仁一縮，該死，這新做的長槍還不夠堅固，但現在只能硬撐下來，就算沒有槍頭，參差不齊的棍頭應該也可以傷她。

那鳥紅了眼，就算長槍刺進她的血肉也毫不理會，反而更加瘋狂，這時，我手上的槍竟又斷了一截，有了缺口果然變得更脆弱。

我一咬牙，不理會這斷裂，直接把剩下的槍再次刺進去，這時，鳥和我的距離已經近得她一張嘴就可以咬中我，而她也真的鳥嘴大張就咬過來。

我立刻偏頭閃掉，同時朝長槍踹出一腳，讓槍刺得更深，卻也因此失去重心，被狠狠啄在胸口，這擊重得我一口氣提不上來，眼前一陣發黑，若不是明確聽到鳥喙撞上護心冰片的響聲，我差點以為自己要死了。

長槍插在鳥胸，只剩下半根在外面，這鳥卻還在繼續攻擊，異物的生命力永遠都不容小覷，我不敢再踹槍，只能一邊閃躲一邊攻擊鳥頭，冰異能毫不吝嗇地揮出去，這鳥卻紅了眼鐵了心，彷彿死也要拖我下地獄般直逼過來。

一路被逼退到陽台邊，用腳抵住圍欄剩下的一點地基，雙方都在做最後的困獸之鬥，不是她死就是我亡！

白頸花屍鳥仰天悲鳴，隨後低頭啄來，我硬是抓住她的下顎，冰異能狂催，縱使力氣不如鳥，在冰霜的幫忙之下也能一拚！

鳥喙漸漸逼近，最尖端的地方抵住我的額頭，一道冰塊碎裂的聲音，額上傳來刺痛，現在又是拔河了，以生命為代價的拔河，不是她啄穿我的腦袋，就是我讓她的腦袋變成冷凍豆腐腦……

這時，周圍卻突然傳來拍翅的聲音，糟了，這隻臭鳥剛剛的悲鳴是在呼救！

頓時陷入進退兩難的地步，甚至因為這個分心，額上立刻傳來一陣劇痛，我連忙聚集精神，顧不上其他了，眼前這隻鳥才是真正的大敵，只要解決她，其他鳥根本算不上威脅……

從她巨大的瞳仁中，我看見自己的倒影，臉孔猙獰如惡鬼，哪還有一絲疆書宇俊美的模樣。

末世，要活下去只能化身惡鬼。

「我重活一次不是為了死在一隻鳥的嘴裡！」

再也不保留，把所有冰異能一口氣爆發出來，隨之而來的是一陣強烈頭痛，一時之間竟搞不清楚這究竟是耗盡異能的痛，還是腦殼被爆開的痛……

「二哥，小心——」

我有點茫然，眼前突然大爆光明，非常熟悉的亮光，還伴隨著同樣熟悉的劈里啪啦聲，我放下心來，整個人跌坐在地上，抬頭望著這輩子第一個大敵，她已成了一座鳥形冰雕。

我忍不住笑了起來，心中那個得意啊——

啪啪啪。

「……」被鳥壓的人表示非常不愉悅，尤其這鳥張開翅膀有兩公尺寬，而且還帶著濃濃的燒焦味。

「哥！」

書君衝過來，非常不淑女的一腳踹飛焦鳥屍，然後把我扶起來，她看著我身上的傷，表情又急又氣，若不是場合不對，我的狀況也不對，我相信她肯定是邊哭邊捶打自家二哥。

「明明說好不受傷的，怎麼又傷成這樣！」

我只能乾笑而已，怎麼可能不受傷呢？不死就慶幸了。

「怎麼來得這麼快？」

我顧左右而言他，想扯開話題轉移書君的注意力。

一知道白頸花屍鳥呼喚鳥群的時候，我沒辦法分心，只能期待著大哥他們應該會開槍幫忙，但沒想到來最快的人居然是書君，這閃電一爆，直接碳化一堆鳥，焦到都別想留著吃了。

書君小心翼翼地扶我坐起來，不高興的說：「大哥叫我來看著你，他說你一定會亂來，只有我在一旁，你才不敢硬拚。」

真是知弟莫若兄。我都不敢說話了。

書君看著我一身傷，似乎不太敢動我，躊躇再三，還是說：「二哥，我先扶你下去，這裡看起來快垮掉，太危險了。」

我點了點頭，雖然渾身無處不痛，但是陽台地面搖搖欲墜，要是真摔下去會更痛，在書君的攙扶下，我站起來，不放心地看了白頸花屍鳥一眼。

「君君，我還能自己走下去，妳去把大哥叫來，把這隻鳥的結晶取出來。」

雖然凍得很徹底，就算真的解凍，這鳥能不能恢復行動力還很難說，不過這陣子實在是被疆家人的負分運氣嚇得夠嗆了，還是盡快徹底解決，別留下任何一絲隱患。

書君的表情很不放心，我連忙走了幾步路，結果差點痛得臉都歪了，少掉致命的危機吸引注意力，這才發現渾身上下無處不痛。

我硬扯開一抹笑，書君這才不情願地說：「好，我去叫大哥過來。」

她轉過身去，我正想跟著她走，卻突然心裡一緊，反射性就抬起頭看向天空。

一道黑影衝過來。

顧不得渾身的痛，我衝上前去推開書君，隨即被一道巨力衝撞出去。

胸前傳來碎裂的聲音，仰躺在地上，那衝擊大得把我胸口所有空氣都擠了出去，張了嘴卻吸不進空氣，有種窒息的難受，胸口的傷勢到底是……

昏沉之下，腦中卻不適宜的想起以前聽的故事。

大嫂，妳要知道，這花屍鳥可不是好惹的，就算打得贏也別隨便出手，那種鳥是成雙成對的情侶鳥，有一隻就會有第二隻，而且階級肯定一樣。

「二哥！不要啊——」

耳邊隱隱約約傳來書君淒厲的尖叫，聽著卻是越來越遠，難道是我要暈了嗎？

不，不行，這種狀況暈過去與死無異，不能暈，不能——

第四章

靳家

砰！

眼一張，猛然深吸一口氣，大量的空氣湧進來讓我忍不住大咳特咳，好不容易才緩過氣來，有餘力看看現在到底是什麼狀況。

全身上下都痛得要命，這證明我應該還沒死，只是眼前一陣陣發黑，肯定傷得很重，暈過去前就夠糟了，現在更慘上幾分，整個胸口都麻木完全沒有知覺。

努力眨著眼，眨掉流進眼裡的鮮血，成效卻不太好，仍舊一片紅，幸好還勉強能看清周圍的景物，首先映入眼簾的東西是高樓大廈。

周圍全是廢棄車輛，道路兩旁的商店多半櫥窗破裂，路上充滿亂七八糟的垃圾，一片廢墟模樣。

這是都市？我心頭發涼，發覺自己正躺在路邊，全身都是血腥味，就這麼待在異物橫行的都市裡，還是達到一階的美味血肉，這是等著被吃嗎？快動啊！

耗盡力氣才翻個身，胸口一碰到地面，痛得我差點又暈過去，心中感覺不太對勁，突然想起被鳥衝撞時聽到的碎裂聲，伸手一摸，胸口的冰片竟碎了，只剩下一些零碎冰屑卡在皮膚上，再想到斷裂的新冰槍，哭的心都有了，做個武器怎麼就這麼難？

但現在最重要的事情是活命，那隻花屍鳥呢？左右張望，只看見一些紅豔豔的羽毛和鱗片，幸運的是沒有鳥的蹤跡。

不，這也沒有幸運到哪去，我這種狀況就是遇見普通異物都得死，有沒有鳥根本沒差別……

「誰在那裡！」

聽見聲音，我心一驚，抬起頭來，一個女人從車後走出來，訝異地低頭看過來，她一手持槍一手卻……燃著火。

這可比凱恩威多了。

雲茜、百合、書君，現在又來個末世沒幾個月就燃火的猛女，難道這個世界的女人都這麼威嗎？

說好的末日女人悲慘遭遇呢？

腦中閃過無數的念頭，最終化為一句：「救我。」

女人看著我沉默不語，似乎還沒反應過來。

「求、求求妳，救我……」我盡可能放低姿態哀求，想著以前對著鏡子擺出的各種表情，努力擺出又能引人同情又帥到破表的神態來，現在只希望臉上的傷勢別太慘，身體的痛別讓我的臉皮一直抽搐。

女人放下槍，走過來的途中，另一手燃著的火也熄滅了。

我鬆了口氣，雖然不知對方是怎麼樣的人，但不管如何，先擺脫現在隨時會被異物吃掉的狀況再說。

「傷哪了？」女人蹲了下來。

「全身。」話一出口，就看見她皺眉，我連忙補充：「胸口最嚴重，其他都是小事。」

就是左腿也動不了，右腿重得快拖不動，雙手痛得讓我覺得多半被鳥的鱗片刮掉一層肉了，更別提背後不時傳來的刺痛，說實在的，讓我說哪邊不痛比較簡單，大概頭髮不痛吧。

女人皺眉說：「你該不會是被鳥抓著的那個傢伙吧？」

「……對，紅色的鳥。」為了打消她的疑慮，我特地說得更清楚一些。

看來，我是被那隻後來出現的花屍鳥帶著飛進城來了，這、這裡應該是中官市？應該沒有被帶得更遠吧？

聞言，女人讚嘆道：「你命真大！被那隻鳥抓住，剛剛又從半空掉下來，這樣都沒死。」

相信我，疆書宇的命比妳想像得更大，這輩子的遭遇若擺在上輩子，關薇君至少能死上三十次！

「鳳姐，妳在那做什麼？」

女人轉過頭去，高聲回答：「剛剛那隻鳥抓著的人摔在這裡，竟然還沒死。」

「喔？」

還有別人？我轉過頭去，但是周圍的廢棄車輛擋住大半視線，加上胸口的麻木感漸漸退去，變得越來越痛，連呼吸都異常困難。

「喂，你沒事吧？」女人回過頭來，略帶憂慮的問。

「沒、沒事。」被這叫喚猛然拉回神智，我努力保持清醒，現在昏過去很有可能會被丟下不管，絕對不能暈倒！

「還說沒事，看你臉白得像張紙。」

幾個人影走過來，但我已看不清他們的形貌，事實上，連這個女人的臉都沒注意太多，身體實在太痛了，根本沒辦法集中注意力，突然間，有人一把將我抱起來，這麼大的動作讓胸口的痛楚猛然爆開來，我忍不住發出痛極的呻吟。

「喂喂，先別暈，你撐著點呀！」

「傷成這樣，這傢伙死定了吧，真要帶他回去嗎？」

「少囉嗦！」那女人低吼。

聽到這聲吼，我終於放心了，這女人肯定不會把我丟下不管。

所以說，人正真好，感謝疆書宇長得這麼正，讓我可以安心暈過去。

小宇。

「嗯？」

周圍的景物突然大變，我在某個……後院？想要左右張望，身體卻不聽我指揮，逕自朝著某個方向走去，我慌得正想掙扎，卻在看見某個人後徹底安心了。

那是大哥，只是看起來似乎約莫二十歲左右吧。

又夢見疆書宇以前的事情，看來我應該是暈倒了沒錯。

大哥滿臉笑意地看著我，雖然看起來年輕，但已經長得頗高，他特意蹲下身來，說：「小宇，我想創立一個傭兵團，你說好不好？」

眼前的大哥可能是還年輕，沒那麼沉穩，說到創立傭兵團，雙眼熠熠生輝，讓我看得有些不習慣，還有點新鮮，這時，「我」開始說話，一口童音沒好氣地道：「不好！」

大哥像是被淋了一盆冷水，皺眉說：「為什麼？你覺得我做不好嗎？」

我突然暴跳如雷，童音硬是吼得像小獅子一般。

「你上次跟我說要去當傭兵，結果呢？這三年來，你待在家的時間加起來有沒有三個月啊？要是創立傭兵團，你還會記得家裡有弟弟妹妹嗎？我就算了，才不管你，可是君君會想你啊！」

大哥一臉的愧疚，解釋：「任務時間都不短，我剛起步沒多久，總是要多接點任務累積經驗。」

我一揮手，下定論：「大哥你才高中畢業就去當傭兵，現在家裡經濟又沒有問題，你先去念大學啦！」

大哥為難的說：「我對念書沒什麼興趣，你念就好了。」

「知識就是力量！哥你要創立傭兵團，可以，先把大學念完！」

他無奈地說：「我要當傭兵，哪來的時間念大學。」

我點了點頭，知道他不可能放棄現在剛起步的傭兵事業去念大學，退一步說：「可以念空中大學，只要偶爾幾個月去上課就好，我都給你找好了。」

大哥終於皺了眉，難得帶著不滿的語氣對自家弟弟說：「小宇，這是我的人生，我能決定自己要做些什麼。」

我毫不理會他，拿出一份入學資料，說：「聯合指揮參謀學院，我走了爸爸以前朋友的管道，好不容易才給你報上中級指揮參謀系，如果成績好的話，半途再想想辦法，應該可以升到高級班。」

我努力思考，腦中閃過一堆爸爸的友人聯絡名單，再想想媽媽的友人聯絡名單，覺得應該沒有問題，現在唯一的問題是哥哥的成績要夠好，總不能把零分走後門走成一百分，雖然爸媽有些鐵桿朋友，真要走成一百分也不難，但若有人故意找碴，出問題的機率太高，不好。

大哥拿著入學資料，瞪著我。

我理直氣壯的說：「想創立傭兵團，總要會指揮吧？想當傭兵團團長，只有單兵作戰能力是不夠的！」

大哥繼續瞪著我，咬牙說：「你今年幾歲？」

「你的年紀減九歲。」我理所當然地說。

「我今年好像二十。」

我慎重點了點頭，說：「再不去念就來不及了。」

「來不及什麼？」

我偏著頭，說不上來不及什麼，只好說：「那種參謀指揮學院，可以認識很多有用的人，早點認識早有用。」

「多智近乎妖。」大哥扶著額，說：「媽一直希望你更像無憂無慮的孩子。」

我送了他一個大白眼，「如果我無憂無慮，大哥你還能在三年前就全世界跑透透去當傭兵嗎？不要想著東還要西的。」

「說的也是。」大哥苦笑了笑，無奈地說：「好吧，如果是這類學院，那我去上就是了，可這樣一來，反而會更少回家，沒問題嗎？」

我點了點頭，這也是沒辦法的事情，大哥就是待不住，標準疆家血統，哪邊危險哪邊跑，傭兵這職業對他來說簡直如魚得水，如果不是我和書君在家，他肯定都不回來了。

創立傭兵團也早在預料之中，要不然我就不會找這麼一個科系讓他念，大哥越強、他的傭兵團越強，出事的機率也低些。

總覺得會出事，大事。我皺緊眉頭，從小就不明白這種想到未來就心驚的感覺到底怎麼回事。

大哥嘆氣道：「那你得多幫我照顧書君。」

「還用你說嗎！君君比你重要多了，我早就決定好她要上的國中和高中，大學的話，得等以後看她的興趣是什麼，再來決定要去哪。」

「哈哈！」大哥爆出一陣大笑，無奈的搖頭說：「書宇你啊，能不能別這麼會操心？」

「如果你乖乖待在家，去上個普通大學，以後當朝九晚五的上班族，我應該可以少操很多心。」

「……那就麻煩你多操點心了。」

我嘆了口氣，說：「好啦，沒辦法，誰叫你是我大哥呢！」

「誰是你大哥。」

我一怔。

「你是真的醒了，還是在夢遊？」

我緩緩地轉頭看向說話的人，她坐在床邊，正傾身上來，低頭望著我，但是我卻看不清她的臉，因為……小姐，妳的胸真是阻礙視線啊！

她穿著皮製的無袖緊身上衣，腰間纏著同材質的皮革腰帶和槍套，看起來就是個很威的女人，都可以直接穿著這身衣服去演武打片了，大胸部的女打仔簡直超主流！

話說這裡應該不是某部電影吧？死掉又穿越去另一個世界，甚至是電影裡的世界，以我經歷過的離奇狀況來說，好像也不是不可能的事情——但是千萬不要，我不想離開大哥和書君！

我掙扎著想看看自己到底還是不是疆書宇。

「別亂動，你傷得很重。」女人皺著眉說：「要不是我們家醫療設備好，家庭醫生也有辦法動大手術，你真的死定了。」

為什麼妳家醫療設備會好到連家庭醫生都能動大手術，您到底哪位啊？

「這裡是中官市嗎？」我求遍神佛，一定要是原來的世界，就算新世界再怎麼好，都絕對好不過大哥和書君！

幸好，女人肯定地「嗯」了一聲，我鬆了好大一口氣，放鬆以後立刻就躺平了，因為胸口實在痛如火燒，沒餘力再掙扎下去。

女人沒好氣的說：「你斷了八根肋骨，沒斷的也多少都有裂痕，竟還敢亂動？不想活了嗎？想死就說一聲，一顆子彈送你上路。」

我動也不敢動。

女人重新坐到床邊，我這才沒有「阻礙」地看清她的臉。

她的頭髮很長，但綁成高馬尾，看起來仍舊十分俐落，一眼看過去首先會注意到的是她的濃劍眉，英氣十足，底下是長鼻梁配紅薄唇，真是一個好俊的女人！

說女人俊是有點怪，但我真說不出更貼切的字眼來，這就是個又俊又酷的女人，如果只看臉部，說她是個五官秀氣點的男人都有人信吧！但一配上那對大胸部就沒人信了，這胸部比百合的還大，到底是G還是更上一層樓的罩杯？

女人重拍我的頭一下，怒道：「一直看我的胸幹什麼，想吃子彈嗎？」

好痛、好痛！頭要爆了，這女人的手勁真大。我含著淚，真不是故意的，誰叫它們那麼顯眼，也不知道為什麼眼神就一直往那邊飄，這肯定是疆書宇的錯，別苛責正值十八歲的青少年啊！

「不過是兩團肉，有什麼好看的。」女人咕噥了兩聲，倒也沒再爆我的腦袋，態度還算友好的問：「你叫什麼名字？」

「疆……」我猛然停下話來，改口說：「叫我小宇就好，大家都這麼叫我。」

之前那個來犯的傭兵小隊光是聽到「疆」這個姓，立刻就猜出我是疆書天的弟弟，還因此拿我當人質，現在自己受了這麼重的傷，必須更加小心，絕不能讓人危害到大哥他們。

「我是斬鳳。」女人乾脆地說完，上下打量著我，點頭說：「小羽這名字還真適合你，你看起來就是像羽毛般柔弱的傢伙。」

「……是宇宙的宇。」

斬鳳無所謂地點了點頭，就這麼看著我，我也沒問她在看什麼——廢話，當然是看疆書宇這張臉，還用問嗎？

被盯著不放，我有些尷尬的道謝：「那個、謝謝妳救了我。」

斬鳳偏著頭看我，嘴角一勾，說：「謝你的臉吧。」

我謝過了。

「你這長相，怎麼不出道當明星？」她說到這裡，一個停頓後，疑惑地問：「應該沒出道吧？我對那些小明星也不是很熟。」

「沒有，我剛考上大學，沒想到世界就變這樣了。」

我努力裝得哀愁頹廢沮喪，思考著十八歲的青少年遇到世界末日會變成什麼樣，但卻怎麼也想不出來，末世十年的青少年根本沒有參考性，而打從重活以來，我也沒見過什麼正常青少年，有個陸仁傑是青少年沒有錯，可惜他不正常。

靳鳳揉了揉我的頭髮，害我不小心想起大哥來，現在他們一定很擔心我，不知道這裡離家裡到底有多遠，花屍鳥的飛行速度很快，大哥他們肯定追不上，現在搞不好忙得到處找我，但我這狀況連床都下不了，一時之間恢復不了戰力，這裡又是中官市，是危險的都市區……

想到這，我感覺更奇怪了，連忙左右張望，這個房間很大，比我們的大多了，擺設卻十分簡潔，配色也以黑白為主，風格和大哥的房間挺像，但重點是一點都沒有末世該有的破敗模樣，就是個擺飾簡潔大氣的房間。

「這是哪裡？」我傻了，自己到底是被什麼人救了啊？

「我的房間。」靳鳳簡單回答。

有點驚訝，這房間像是我家大哥的，結果居然是妳的房間？好吧，誰叫妳這麼俊又這麼酷，房間是妳的也不奇怪。

「範圍能不能大一些？」

「我家的辦公大樓。」

「……」我只好更加「具體而實際」的問：「這是中官市的哪裡？」

「北大街區。」

我皺了皺眉頭。北大街區？糟糕，沒什麼印象，之前因為不打算走遠，所以只研究過家附近的地圖，還沒開始看中官市的街道。

看向靳鳳，看見她帶著興味的眼神，我便是一驚，連忙用怯生生的語氣問：「請問有地圖可以看嗎？我想知道自己被鳥帶著飛了多遠。」

靳鳳隨意點了點頭。

說話的途中，她一直看著我的臉，但態度如此光明正大，不帶一絲不良的意味，彷彿她只是在欣賞雜誌模特兒，而且只是看卻沒動手動腳，反倒讓我安心了。

「我去拿地圖，順便給你帶點吃喝的。」說完，她又伏身靠近，靠在我耳邊說：「裝小可憐裝得挺像的，可惜開口要的東西不是食物卻是地圖，你說怎樣的小可憐重傷醒來後，第一個想要的東西是地圖而不是食物？」

「……」

演技再次被驗證是零分，但渾身是傷又身處陌生地方，自己總不能跳起來成大男人，除了演演小可憐，還能怎麼辦？

我只好用無辜的眼神看著斬鳳，就算沒演技，好歹有張臉，當花瓶總還夠了吧？

她笑了一聲，沒再評論我的演技，只是伸手拍了拍我的臉，站起身就朝房門走。

我想伸手摸摸威力十足的臉，不敢相信這張臉在打鬥中竟沒傷到不能見人的地步，還可以救自己一命，看來疆家的運氣也沒那麼差嘛……唔，手好痛，還是別摸了。

轉頭朝斬鳳看過去，有點距離後才看清她的全身，這女人真是修長，身高恐怕都有個一百七十幾公分了，下身穿著馬褲，腳踩皮長靴，一雙腿長得驚人，不知不覺又往臀部看去，這臀倒不像胸部那麼豐滿，挺小巧的，結實又挺俏，那束長馬尾還隨著動作在那上頭掃來掃去……

斬鳳突然轉過身來，我一凜，立刻收回眼神，她似笑非笑地看過來，不知有沒有發現我在偷看她的屁股？

「如果有人說你是我的男人，就應下吧，你這張臉長成這樣，如果沒人罩著……嗯，我想你自己也懂。」

我苦著臉點了點頭。

斬鳳走出房間，在房門關上前，我瞄了一下外頭，沒人看守，看來我不是階下囚……或者對方覺得我的傷勢根本不需要人看守，若是放著不管，搞不好就自己死掉了。

我開始趁機檢查傷勢，這一查，臉都黑了，難怪外頭沒人看守，若是普通人挨了這種傷，一個月都別想下床，怎麼可能有辦法逃走，也難怪斬鳳不信我是個小可憐，剛剛應該說一句話就喊痛三次才符合小可憐的形象。

就算是我，起碼要養五天才能下床，但能下床卻是不夠的，這裡是城市區，比郊區更加危險，而且自己還姓疆，這危險的程度可能要加三倍，不把傷養到七、八成恐怕走不出城市。

雖然恨不得能立刻回到書君和大哥身邊，可是太早啟程只會把自己害死。

如果大哥在這裡就好了，有他的治療能力，療傷時間至少可以縮短一半以上，但話又說回來，如果有大哥，我舒舒服服躺著就好了，還擔心什麼療傷時間！

唉，罷了，家裡有大哥，書君的雷電能力出神入化，傭兵們素質超一流，最近的異能進展也不錯，還有一大堆武器，應該是不會出問題，怎麼想都是我這邊的問題大多了，還是煩惱自己的傷勢吧，大哥他們沒事的。

我努力思考該怎麼辦，對了，若是有進化結晶，也能讓傷好得比較快。

摸摸胸口，不出意料之外，放結晶的冰晶瓶已經不見了，但我倒不懷疑是不是被拿走了，那麼激烈的打鬥連護心冰片都被擊碎，冰晶小瓶子的堅硬度還不如冰槍，能夠倖存才奇怪。

望著天花板，我思考著暈過去之前，曾經看到靳鳳手上燃著火，那可不是大點的打火機，我可以感覺得出那能量強度確實有殺傷力，雖然應該不到一階，但恐怕都贏過我們家傭兵了。

所以，這夥人到底知不知道進化結晶的存在？

思考的時候，有人進來，卻不是靳鳳，而是一個男人，對方把托盤放到床邊，看了我的臉幾眼，神色滿是曖昧，或者還有一點……不屑？

我不敢再擺弄自己零分的演技，只是略帶警戒的看著對方。

「嘖，小白臉。」對方低聲咕噥，然後又出去了。

我沉默不語，看房門沒動靜，立刻拿過地圖來看。

這一看，眉頭皺得能夾死蚊子，北大街區顧名思義就在中官市的北邊，但我們家卻在東偏南方，雖然這總比對角線好多了，體會疆家人的運氣後，我早就帶著這裡離家可能是對角線距離的覺悟，現在一看倒是好多了，但仍舊需要穿越三分之一的中官市。

若是開車沒阻礙的直接穿越城市，大約需要一小時，但現在穿過滿是異物的城市可能一輩子也到不了目的地，更何況大哥早說過，當初他們根本沒辦法開車離開城市，因為路上全被車堵住了，現在的狀況應該會比之前更糟糕。

另一條路是直接離開城市，從外圍繞回去，雖然路程會遠很多，但是應該比較安全。

默默把兩條路線大致記在腦中，我把地圖放回去，用吸管喝了點水，卻沒動其他食物，我現在的狀況不應該有辦法自己動手吃東西，雖然斬鳳說我在裝可憐，但相信她也不知我確切有多強——是說現在傷成這樣也根本不強了。

門外突然傳來高聲說話的聲音，不是很清晰，畢竟房門關著，這裡的隔音似乎也不太差，我只能努力伸長耳朵聽。

雖然自己不是朝肉體強化的路線發展，但是經歷過黑霧後，人類……不，應該說是所有生物的素質確實邁進了一大步，經歷越多次越是強悍，但自己變強的同時，別人也在變強，進步得慢點就要被世界淘汰了，這個淘汰可是真真正正的淘汰，連全屍都沒有，會被吃得乾乾淨淨。

此外，進化結晶吃多了，不但會長高會變美還會考一百分呢——以上都是說笑的，總之就算不是肉體強化類型，身體也會全面性變強，否則我怎麼可能練幾個月就比同樣經歷過黑霧的傭兵有更好的身手，就算有那種知識，身體也跟不上。

廢話了一堆，總而言之，我拉尖耳朵還是能聽見外頭高聲的談話，現在的人還沒意識到「大家都變強了」這點，她們大概以為我在房間裡聽不見吧，如果我沒吃那麼多結晶，確實應該聽不清楚，可惜我從末世剛開始就把結晶當飯吃了。

「姐，妳該不會真的看上那個小白臉了吧？」

這小白臉八成是指我吧？直接跳過小可憐成小白臉了，也好，小可憐不一定有人要，小白臉多半是有人要的。

「他叫小宇。」這應該是靳鳳的聲音。

「誰管那個傢伙叫什麼！他就是個沒用的小白臉！」

「小月，妳真是越來越野了。」雖然靳鳳這麼說，但語氣就我聽來倒不是不高興的，「連哥這不常在家的人都說妳變了很多。」

「我、我只是……」小月的聲音低了下去，害我有點聽不清楚，只能更集中注意力去凝聽，「我只是擔心姐而已啊。」

靳鳳帶著笑意說：「我沒說妳這樣不好，妳從小身體就差，媽把妳當寶養，養得妳像朵小白花，我都懶得跟妳說話，沒想到那陣霧來過以後，妳就變得這麼野，倒是個意外的收穫。」

「我只是失憶，根本不記得自己以前是什麼樣子，忘掉那個我吧，現在的我才是我！」

……什麼時候連失憶這種事情都多到爛大街了？沒聽過黑霧會讓人失憶啊！

「好。」斬鳳懶洋洋地說：「反正我也覺得這個妳比較好，不過妳在媽面前記得要裝個樣子，妳知道她很不習慣妳現在的性子，老說妳不是妳了。」

「那不重要！」小月不耐煩的說：「姐，妳丟了那個小白臉啦！我不是說過，妳一定要跟疆書天在一起嗎？」

冷不防聽見大哥的名字，感覺還真奇妙，難道這個小月認識我家大哥，還想把姐姐介紹給我家大哥？我不得不說，她真是有眼光！

不過，其實我也不錯啊，突然覺得心裡有點酸酸的。

斬鳳沒好氣的說：「我見都沒見過那個疆書天，怎麼在一起？」

斬小月著急地說：「以後一定會見到，大哥說他住在附近而已，姐，妳要知道，那可是冰皇疆書天啊！」

什麼？

我如遭雷殛。

靳鳳嘆了口氣，無奈的說：「又是妳做的夢嗎？」

「沒錯！」小月興奮道：「我們已經有雷神靳展了，只要再加上冰皇疆書天，絕對可以稱霸世界！所以，妳玩玩那個小白臉就好了，千萬不要想著跟他在一起這種蠢事，那種吃軟飯的傢伙根本沒用。」

雷神……靳展……是吧？「靳」確實是個很稀罕的姓氏，雖然還是想不起來，但這名字聽來很耳熟，或許真的是這個名字沒錯。

「小宇應該沒那麼弱，他傷得那麼重也不吭聲，比許多人強了。」靳鳳無所謂的說：「而且就算他吃軟飯又怎樣？反正我有能力餵飽他。」

這個小月口口聲聲的「吃軟飯」、「小白臉」，如果我真是個男人，恐怕早就暴跳如雷了，幸好內在是個女的，沒有哪個女人被說漂亮會生氣的，要當小白臉也要有張吃得開的臉啊！

「姐，疆書天絕對比他好一百倍！難得哥居然認識冰皇，這機會要好好把握住！」

冰皇疆書天，真是踏破鐵鞋無覓處，得來全不費工夫——但大哥明明是補師啊！

我皺緊眉頭，這個小月到底是怎麼回事？難道這也是異能的一種？異能一向五花八門，有預知夢這種能力也不是不可能，但大哥明明就是補師，她的預知夢到底準不準？不過，她都說得出雷神和冰皇了……

「人在哪裡都不知道，怎麼把握？而且聽大哥說起這個人，那就是個大男人，我對那種的沒興趣。」

難怪我會躺在妳的床上，不喜歡大男人，偏好小男人是吧？

「當然是大男人。」斬小月咬著牙說：「他可是冰皇疆書天！」

「說到冰皇，當初妳不是說夢見他在冰洲嗎？結果大哥說他根本就在梅洲，或許妳的夢也不是那麼準。」

我忍不住點點頭附和，就是說啊，大哥明明是補師，怎麼就成冰皇了？

斬小月竟用女孩嗓音低吼：「我絕對沒錯，冰皇疆書天、雷神斬展、火王狄貝特，這三個是人類的頂尖強者！」

竟連頂尖強者的事情都知道？火王的名字都出來了，這預知夢居然可以知道得這麼全面？現在還是末世剛開始，她的異能就能知道這麼多事情，這不只逆天，根本直接成神了吧！

這個小月，「失憶」的小月，或許……和我一樣？

「但疆書天確實在梅洲，哥都說了，黑霧來的那天，疆書天親自和他買了軍火。」

靜下心思考，大哥確實在這裡沒錯，但如果不是我這個重活一次的人硬要他回來，他這個時候恐怕人就在冰洲，如同小月說的話。

不過，大哥的能力並不是冰，而是治癒——等等，說到底，大哥會有治癒的能力十之八九是太想治好自家弟弟，如果他沒有回來梅洲，也就不需要治療我了，那時候，誰說他的異能不可能是冰呢？

我突然有種恍然大悟的感覺。

沒有錯，這個斬小月根本沒有預知夢的能力，八成跟我一樣，都重活了一次，就不知道她是這裡的居民，或者是我那個世界的居民，這所謂的平行世界太複雜了，我不懂。

小月斬釘截鐵的說：「不管疆書天在哪個洲，反正他將來會成為冰皇，我們要牢牢抓住他才行！」

聽到這話，我的頭比胸口還痛。

人類僅有三個頂尖強者，其中一位竟然被我這隻小蝴蝶搧搧翅膀給搧掉了？

頓時覺得壓力深大，自己非得強到可以頂上冰皇的缺才行，不然人類說不定就剩下兩個頂尖強者，那我不就成了歷史罪人——不，這怎麼說都是未來罪人。

斬鳳淡淡的說：「如果哥和疆書天分別是雷神與冰皇，那他們更不可能聯合在一起，一個團隊只能有一個頭。」

「只要妳成了疆書天的女人，那不就沒問題了！」

我皺了下眉頭，總覺得哪邊不對勁，卻又說不出所以然。

外頭沉默了一會兒，斬鳳才又開口說話：「小月，妳變野是件好事，但野到把親姐拿來當籌碼用，那就不怎麼好了。」

「……對不起，我、我只是太擔心將來了。」

斬鳳「嗯」了一聲，不放心的叮嚀：「在媽面前記得偽裝好，免得她看到妳就哭，哥會不高興。」

「好。」小月心不甘情不願的說。

外頭又安靜了，但沒多久後，斬鳳就推門進來。

「我以為妳打算在外面講到天亮。」我可憐兮兮地看著她，又看著桌上的食物，說：「我好餓。」

斬鳳笑了一笑，坐到桌邊來，拿起碗就一湯匙一湯匙的餵我，碗裡是粥，摻著一些肉末，放了這麼一段時間正好變溫的，十分好入口。

吃飽喝足，我滿足地嘆了口氣，看著一旁的靳鳳，不解的問：「妳為什麼對我這麼好？」

就算看在這張臉上，也沒必要親自餵我吃飯吧，雷神靳展的妹妹耶！我實在擔待不起！

靳鳳笑笑地說：「你是我的男人，不疼你疼誰？」

呃，您應該不會有對重傷患出手的嗜好吧？

大概是看我瞪著她，靳鳳笑了出來，又揉揉我的頭髮，真是的，別再揉了，會害我想起大哥他們，我擔心啊！

「別擔心，我會按部就班的追你。」

追、追我？好吧，疆書宇這張臉，被倒追也不是第一次了，之前倒追的還是校花呢！不過比起雷神的妹妹，校花都輸了，疆書宇你這張臉實在太威了。

靳鳳好整以暇地拿起飯後水果，那是一顆蘋果，然後抽出一把巴掌大的小刀，削起蘋果皮來了，削下來的皮薄得透光，從頭削到尾，一長條的皮完全沒有斷裂。

但比起那皮，我更在乎那顆蘋果本身，為什麼現在還會有蘋果？莫非妳家有蘋果園嗎？

她慢條斯理的說：「我不會強迫你跟我結婚。」

結、結婚？小姐，我們才認識一天，這是啥光速結婚？

不過，聽見「結婚」二字，我心安了，在末世還能想到「結婚」這兩個字，簡直太有節操了！看來不用擔心會被○○××，真是個好消息……吧？

忍不住瞄了斬鳳的胸部一眼，然後被人發現，頭上又挨了一拳。

我抗議：「別打我頭，會變笨的！」

「好，斷掉的肋骨、斷掉的手骨、斷掉的腳骨，你選一個挨打。」

「……還是打頭吧。」

斬鳳笑了出來，舉起手，我做好挨打準備的時候，她又揉了揉我的腦袋瓜，說：「如果你答應結婚，成了我的小老公，那就任你看，哪都不用打了，如何？」

等等，應該是答應跟妳交往吧，怎麼「唰」的一聲就直接跳到結婚了？

我看了看斬鳳，她的表情頗認真，看起來竟不是說笑的，只好硬著頭皮說：「這太快了，我們可以再深入了解對方一點以後再說嗎？」

幸好，斬鳳只是隨興地點了點頭。

我觀察一陣子，斬鳳安靜地把蘋果削成一小塊一小塊，看起來真沒生氣，我這才大著膽子問：「斬鳳小姐，可以問妳一個問題嗎？」

「叫我鳳就好。你問。」

「喔，好。」我從善如流，改口說：「鳳，妳有看見我是從鳥上掉下來的，那有注意到後來那隻紅鳥朝哪邊飛了嗎？」

我有點擔心花屍鳥會回去找大哥他們，雖然少掉鳥群相助，大哥他們應該有辦法對付單獨的一階花屍鳥，但還是忍不住會憂慮。

斬鳳把蘋果削得小小塊的，餵我一口後才回道：「沒飛走，被我們打下來了。」

「怎麼打下來的？」我震驚了，莫非雷神已經學會飛了？有沒有這麼威？

「用三把巴雷特轟下來。」

……人比人真的得死。

我鬱悶了，看來這階段，雷神混得比冰皇好，突然覺得不開心，我家大哥應該是最強的！

不對，大哥要是留在冰洲沒回來，那可是擁有一整個傭兵團，巴雷特當手槍用都不奇怪，怎麼也不會輸給雷神！

結果被我叫回來，沒了巴雷特，還沒了冰皇。

更鬱悶了。

「在想什麼？眉頭皺得這麼深。」斬鳳伸手壓平我的眉間，自己卻跟著皺了皺眉。

想著真相被揭穿，我被全人類唾棄的場景。

末世十年，人類有三個頂級強者都活得那麼艱辛，若剩兩個，人真還有活路嗎？

我又真能代替大哥成冰皇嗎？

忍不住摸摸胸口，手很痛，胸口更痛，什麼都沒摸到，冰片早就碎裂不見了，做個武器都接二連三的失敗，感覺自己離冰皇真是一個地心一個外太空那麼遠，我不禁有些氣餒了。

「小宇。」

我看向靳鳳。

她又揉我的頭，說：「睡覺，你傷得太重，心情肯定很差，別在這時候想事情，只會越想越糟，乖乖睡覺。」

我看著她，認真的說：「我的傷得養很久。」

這年頭，沒傷都可以被拋棄，更何況是重傷。

「嗯，醫生說你一個月能下床，差不多三個月可以活動自如，但是，我想應該不用那麼久。」

慘了！都忘記醫生的存在，這下糟糕了，我的恢復速度一定會露餡，本想躺上兩週後逃走，現在肯定不行，醫生一檢查就會發現不對勁！

「嘴巴張開。」

還餵？這是把我當豬養了嗎？我皺眉地看向靳鳳，她的手上拿著一顆透明晶體。

進化結晶。

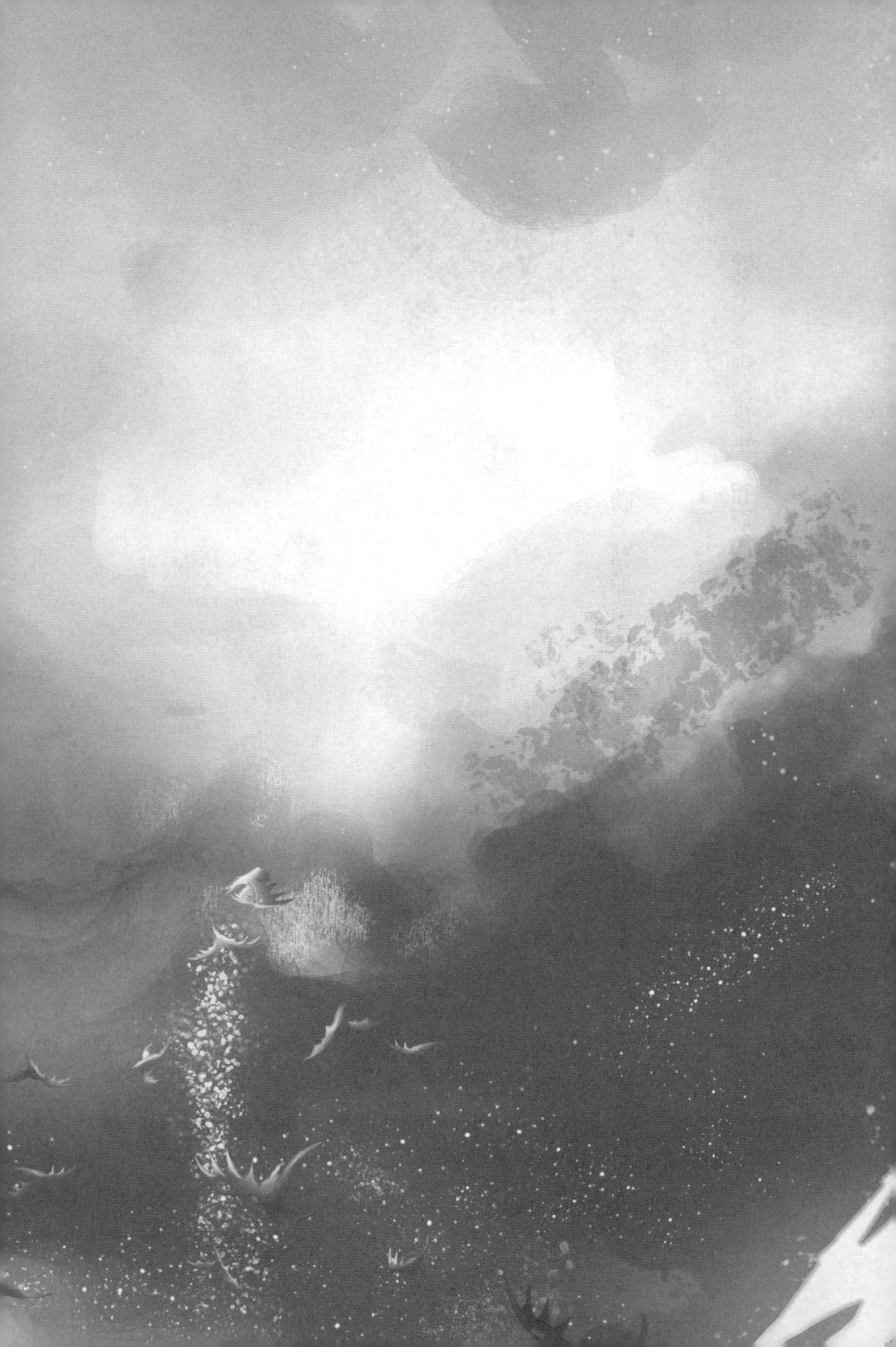

第五章

帶來好運的鳳凰

吃了結晶，我終於可以安心躺著休養，就算恢復速度太快，這搞不好是哪顆結晶的效果特別好，反正不關我事。

躺在床上，十分無聊，我很想偷偷下床走兩圈運動，奈何旁邊有個人盯著不放，所以我也只能乖乖躺好。

我面無表情地說：「請問你可以不要一直看著我嗎？」

對方笑咪咪的回：「不行，大姐就要我好好看著你呢！」

我瞥了他一眼，對方是十四歲的少年，叫做阿賓，個子挺矮，幸好不怎麼瘦弱，看著還有點分量，一身微黑皮膚，眼眶輪廓又深，看起來似乎是個混血兒，只是口音很道地，應該是從小就在本土長大的孩子。

雖然叫靳鳳為大姐，但他可不是靳鳳的弟弟，鳳提過她家只有哥哥靳展和妹妹靳小月，她排行老二，這情況居然和我家一模一樣……不對，我在說什麼，鳳是女的，我是男的，怎麼能一樣，只是一樣能簡稱為三兄妹。

基本上，我在這裡見過的所有人都把鳳叫做大姐，此姐非親姐，乃是大姐頭的意思。

雷神原來是混黑道的，大哥則帶著傭兵團，那位火王不知道又是什麼背景，但八成也不簡單吧？難怪他們可以在末世成王稱霸，這立足點就不同了，我們這種小老百姓怎麼比得上。

其實話也不能這麼說，背景不簡單的人多得是，最終人類頂尖強者也不過就這三個，總而言之，大哥威武！不管是我的或是斬鳳的大哥，都一樣威武！

「而且你的表情又這麼有趣，不看白不看嘛！」阿賓嘖嘖稱奇的說：「難怪大姐這麼喜歡你，又好看又有趣，如果我是女的，也要抓你當壓寨老公。」

我立刻面無表情，「我不是被抓的。」

阿賓哈哈笑著打馬虎眼，顯然不信，不過我也懶得跟他計較這些，反正現在對這裡的人來說，我就是被斬鳳養的小白臉——這還真是事實，斬鳳給吃給喝給結晶，我就負責躺在人家床上休養，這不是小白臉是什麼？

晚上，斬鳳回房後還睡在旁邊，要不是我傷成這樣，她除了捏捏臉揉揉頭以外的事都沒法做，生米都能煮成熟飯了吧！

「小宇啊，你這傷應該快好了吧？」阿賓笑嘻嘻地問。

最好是，我才躺六天呢！你去跟一階鳥打鬥又被第二隻衝擊看看，包準連屍體都沒有！

不過，我確實好多了，復原的速度比原本預估的快很多，都要歸功於斬鳳餵的那幾顆進化結晶，現在不到一階的結晶對於增強實力沒有多大幫助，但作為療傷聖品，還是很盡責的。

「你該叫我小宇哥。」我不滿地說。

阿賓瞥了我一眼，冷哼道：「我只叫靳哥和鳳姐，其他人算個鳥！」他又笑吟吟的說：「如果你跟我大姐真的好上了，我可以折衷叫你姐夫。」

「那靳小月呢？」我對那個疑似重生的女孩子非常好奇，本來還想著她對我這麼有意見，應該會衝進來大罵我一頓才對，結果一點動靜也沒有，這六天只見過送飯的人和阿賓。

阿賓的笑臉凝結了一下，他抓了抓腦袋，說：「我和小姐又沒打過交道，以前根本沒見過幾次，如果不是現在這種情況，她那種有學問的大學生根本不會來幫裡，而且小姐柔柔弱弱的，身體又不好，靳哥也不准她過來，怕她被幫裡的人嚇到。」

柔柔弱弱的、身體不好？那天聽到的可不是這麼回事，雖然那個女孩聲音清脆，但是喊得可大聲了，一點都沒柔弱感……等等，如果她和我一樣重活了一次，那她還是她嗎？

想到當天聽見的話，我突然覺得或許這小月也不是那小月了，只是我選擇跟大哥和書君坦白一切，靳小月卻拿失憶和做夢來做掩飾而已。

難怪，斬鳳在末世這階段就練得比我家傭兵還強，有了斬小月的提醒，加上一個黑幫組織的支持，她吃的結晶絕對比我家傭兵還多，都能拿來餵小白臉了，但她應該還不到一階，不知道雷神斬展目前的進度怎麼樣？

正在思考的時候，房門開了，我有點疑惑地看過去，現在還不到吃飯的時候，難道是斬鳳回來了？連一旁的阿賓也帶著笑容站起來，顯然和我想的一樣。

結果進來的不是巨乳酷女，而是巨漢猛男，這位猛男先生真是又高又壯，肌肉大塊糾結，一眼看過去像是一座小山似的，連我這可以看著自家大哥二頭肌流口水的傢伙都表示吃不消。

這大塊頭的傢伙太顯眼，直到他一腳踏進房間，我才看見他旁邊還有個男人，身材倒是正常多了，戴著眼鏡，神情冰冷，尤其是看向我的時候，那厭惡的表情完全不加遮掩，甚至透著憎恨的意味。

我皺了皺眉頭，雖然這陣子沒少看冷眼，除了斬鳳和阿賓，那些來送飯的人或多或少都帶著輕視的意思，但絕對說不上憎恨，一個重傷的小白臉有什麼好恨的？

除非他們知道我有進化結晶吃，但這事，斬鳳特別交代我不要說出去，為此，甚至不讓醫生過來檢查傷勢，包紮換藥都是她傍晚回來後親自做，就為了不被發現傷勢恢復過快。

被發現也沒什麼，只是一些老傢伙鬧起來煩人，若你感覺傷勢不對就告訴我，找醫生過來看看。當時，靳鳳淡淡地說。

但醫生不來正合我意，我立刻對天發誓絕對不說出去，鳳還揉揉我的頭，說了個「乖」字。

我頓時鬱悶了，自己根本不是小白臉，是寵物吧？

「老軍，還有胡宗？你們來幹嘛？」阿賓疑惑的問：「不是鳳姐叫你們過來的吧？」

壯漢粗聲粗氣的說：「來看看敢躺在鳳姐房間的傢伙生個啥樣。」

阿賓噗哧一聲，訕笑道：「老軍你啥時對男的也有興趣了？」

壯漢立刻暴跳如雷，大吼：「誰他媽對男人有興趣？」

我頓時有點擔心這叫老軍的壯漢會衝上來揍阿賓，但阿賓卻好像不擔心這點，只是笑嘻嘻地坐在床邊，根本不怕激怒對方。

他甚至還繼續調笑另一個人，「胡宗啊，你臉那麼黑幹嘛？我可沒欠你八百萬，給個笑臉來看看吧？」

胡宗的臉更黑了，冷聲道：「阿賓，你站在小白臉這邊？」

「我阿賓只站在靳哥和鳳姐這兩邊，其他的別說邊，縫都不給一條！這人是大姐罩的，你有種去找大姐抗議，在這邊欺負一個重傷被抓回來的病號，你也好意思？」

我真不是被抓回來的啦！靳鳳還是我的救命恩人，被誤會成強搶良家美男的女土匪，我的良心都不安了。

但阿賓拿出靳鳳的名號來，顯然十分有用，胡宗揪緊眉頭，連老軍這大壯漢都面露緊張，不敢再出言罵人。

阿賓「嘖」了一聲，沒好氣地說：「我說啊，你們也太搞不清楚狀況了吧，什麼時候輪到別人來碰鳳姐了，還不是大姐頭看上什麼就要什麼，你以為這躺在床上的傢伙有資格說話？」

「……」我繼續安靜地不說話。

老軍似乎無法反駁這點，扯開話題嚷嚷：「這小白臉有什麼好？不過就一張臉能看！」

阿賓理直氣壯的說：「大姐就喜歡這張臉，有種你就去整容，搞不好也能勾得到大姐啊！」

他這小山般的壯漢身材配上我這種臉，是想嚇死誰啊？

老軍臉色一白，連忙澄清：「誰想勾大姐了？你可別亂說！我說，要是靳哥回來，一定會宰掉這小子！」

我突然一驚，他這麼說也是，妹妹莫名其妙就撿個妹夫回來，還是個沒用的小白臉，如果這事換到書君身上，我和大哥一定先把小白臉往死裡揍再說。

阿賓用看白癡的眼神看著老軍。

「靳哥只會管夫人和小姐的事，什麼時候插手過鳳姐的事了？咱幫裡說一不二的人除了靳哥，可還有大姐頭呢！就算靳哥突然哪根筋不對勁，真的插了手，你以為大姐會因為靳哥反對，就把這小白臉丟出去？」

呼，我鬆了口氣，幸好靳鳳夠威，我可不想拖著重傷的身體，還被雷神痛毆一頓。

這話一出，老軍明顯露出遲疑的表情，真是個心思單純的大老粗，心思都擺在臉上了，似乎不是什麼陰險的傢伙。

如果照老軍說的，他對靳鳳沒有那方面的想法，那麼很可能就是被教唆著來的，如果教唆者不是更陰險地躲著不出現，那肯定就是戴眼鏡的胡宗了，這傢伙雖然長得算不錯，不過卻一臉的陰狠，又自始至終都冰冷地看著我，教唆者十之八九就是他了。

「鳳姐怎麼也是個女人，免不了被小白臉哄騙。」胡宗惡狠狠地說：「只要把這傢伙的臉刮花，看誰還稀罕他！」

「胡宗，你別想亂來。」阿賓冷冷地說：「你和老軍闖進鳳姐房裡的事，看在你想追鳳姐卻追不到的分上就算了，要是敢在鳳姐的房間對鳳姐的人動手，你他媽死定了！」

聞言，老軍露出頗為忌憚的神色，一個大壯漢竟畏縮著身子，違和感都破表了，就你這樣一個外強內乾的傢伙也敢來找事，腦漿果然都灌在肌肉裡！

阿賓用變聲期少年的破嗓音高聲道：「給你們最後一次機會，出去！」

老軍倒是想走，但還是看了胡宗一眼，像是在徵求他的同意，果然這傢伙才是主謀。

胡宗看著阿賓，皺了下眉頭，冰冷的神色收斂了一些，冷哼一聲說：「我們走！」

兩人竟然就這麼走了，我都已經想好要怎麼在臉上挨打，才能看起來又可憐又不影響帥度，等靳鳳回來，馬上跟她哭訴自己有多委屈，快多給兩顆結晶當補償。

結果罵兩句就跑了，你們能不能再弱一點？說好的打臉呢？我哀怨不已。

「別怕呀！」阿賓笑嘻嘻地看著我說：「鳳姐很威的，她發了話要罩你，我阿賓肯定護你不掉一根毛。」

你個十四歲少年別這麼大話，剛才那老軍的胳膊都比你大腿粗。

大約是看見我不信的眼神，阿賓哼唧兩聲後，從小腿側拔出小刀來，開始削蘋果皮，又是那種薄得透光的皮。

我肯定這附近絕對有蘋果樹，這六天來的飯後水果除了蘋果還是蘋果，我決定把這種水果劃進黑名單，與雞湯、中藥粥擺在一起！

阿賓又來一塊蘋果，說：「我跟在鳳姐身邊好幾年了，鳳姐威得簡直不輸給靳哥，根本不像個女的，我也從沒看過她對哪個男人有興趣，還以為鳳姐骨子裡就是個男人，將來可能得找個女人過日子了，難得她這次居然喜歡上一個男的，我一定要把你顧好了。」

我沉默地聽著阿賓的碎唸。

原本預計躺兩週，但被餵了好幾次進化結晶，復原狀況非常好，若不是必須隱瞞身體的恢復速度，現在早就可以自己料理日常生活，但要出手戰鬥可能會使傷勢惡化，復原時間會拖更久。

估計了一下，能夠躺滿十天最好，但我已經克制不住對家裡的擔憂，想著明天就要啟程，頂多努力避開異物，盡量不戰鬥就是了。

「鳳姐，妳回來啦？」阿賓欣喜地站起身來。

聞言，我立刻轉頭，一眼就看見斬鳳進來，手上還拿著餐盤，發現我轉頭看她，便問了句：「餓了嗎？」

我的良心突然抽痛了一下，這六天裡，天天見斬鳳早出傍晚歸，我猜也猜得到她多半是去獵異物，這一回來就端食物來餵小白臉，不時還有結晶吃，但這小白臉卻過兩天就要跑掉了。

被人救了，還吃人家的、喝人家的，連進化結晶都沒少吞，然後就這麼跑掉，想想都覺得自己真是個人渣！

「還好。」我老實回答，這幾天茶來伸手飯來張口，還真沒有餓到的時候。

斬鳳也不在意，走過來放下托盤，說：「多少吃點，醫生說你傷口痛，胃口會不好，但一定得吃。」

不是傷口痛，是蘋果吃太多。

我點點頭，斬鳳便坐下來，開始餵飯，今天是咖哩飯，真好吃，我當初怎麼就忘了拿咖哩塊呢？

阿賓嚴肅地說：「大姐，胡宗帶著老軍來找過麻煩，不過只是動動嘴皮子，絕對沒碰到小宇。」

斬鳳臉上的戾氣一閃而過，然後若無其事地說：「你先出去，晚點再說。」

阿賓立刻拋開剛才的嚴肅，笑嘻嘻地說：「好，鳳姐，我阿賓很識相，不會在這當電燈泡啦！」

他曖昧地朝我擠了擠眼，然後用口哨吹著歌出去了，這小子真是人小鬼大。

「我會收拾胡宗那兩人，明天再多派一個人過來。」靳鳳又餵來一口咖哩飯，說：「阿賓的實力不錯，但年紀輕，鎮不住人。」

我搖頭說：「我沒事，別懲罰他們。」

若是靳鳳大張旗鼓的懲罰他們，那等我跑掉以後，她不成了笑柄？尤其這又是黑幫，經歷末世這麼多年，我很清楚這類組織的運作，老大的權威一旦被破了，事情就嚴重了。

「與你無關，他們沒得到允許就進我房間，已經違反規矩，若他們進的是我大哥的房間，都不用其他人報告就被一發子彈崩了。」

她的臉上又閃過一絲戾氣，隨後淡淡的說：「看來我還是軟了些。」說完，輕皺眉頭，略帶不解的道：「最近殺的異物不少，用火燒比以前開槍的場面要難看得多，怎麼反倒讓人覺得我不夠硬了？」

「應該是因為妳對我太心軟！」停了一下，我還是忍不住問：「妳為什麼對我那麼好？」

她卻沒回答，思考了好一陣子，才開口回應。

「當時，我聽到聲音走過去，本以為多半是個異物，沒想到卻看見一個人躺在地上，身邊落滿火羽冰屑，一張小臉白得快透明了，我書念不好，不知該怎麼說那個畫面，就是很好看，當你朝我看過來的時候，我真不覺得你是人，還以為總算有個朝美麗發展的異物，幸好下一秒你就開口說了話，從那時，我就決定守著你，像你這麼好看的人，死了以後變成那堆醜陋的異物，實在太可惜。」

我靜靜聽著這些話，雖然聽起來像外貌協會資深會員的言論，但斬鳳說的語氣彷彿「蒙娜麗莎」這幅畫本就該好好保護似的，哪有那麼多理由。

「我有家人，他們還活著。」

「嗯。」

「妳知道？」我有些訝異了。

「你要了地圖。」

「我會走。」

「你會死。」

我想了一想，說：「為了家人，值得。」

斬鳳不知想到什麼，笑了一下，點頭說：「確實是。什麼時候走？」

我一怔，沒想到斬鳳這麼容易接受，原本這話一出口，自己就有點後悔了，讓斬鳳有了警戒，到時要逃走肯定多生波折，但是要我用無聲無息地逃走來對待救命恩人，心理上實在太難接受了。

猶豫再三，我還是一咬牙，誠實交代：「明天。」

斬鳳應了聲，又問：「會用槍嗎？」

「會。」

「喔？」斬鳳好奇了，問：「槍法好嗎？從哪學的？」

「我大哥是傭兵……」

聊著聊著，不知不覺，我就睡過去了，醒過來的時候，自己還是躺在原本的房間。

舉手，沒有手銬，抬腿，也沒有腳鐐。

安靜躺了一下，沒聽見任何動靜，我緩緩坐起身來，把腳放到地上，然後站起身來，雙腿一陣發軟，但我穩住了，動動手扭扭腳都沒問題，看來差不多了，雖然胸口還是很痛，但手腳幾乎沒有問題。

我走到房門前，深呼吸一口氣，伸手轉動門把，門開了，但明顯聽到一聲開鎖的聲音，顯然剛剛這門是上了鎖的，從裡面這邊上鎖。

探頭出去，外面是一條長廊，一個人都沒有。

重新關上門，也沒忘了上鎖，接著當然是進浴室刷牙洗臉，一邊刷牙一邊看著鏡中的自己，之前養回來的肉又掉了一些，看著有些瘦弱，但這不要緊，等回到書君身邊，還怕不長肉嗎？

鏡子中的自己一直忍不住勾起嘴角，笑什麼呢！不過就是沒看錯斬鳳這人嗎？坦白一切後，沒被鎖住也沒人來看守，就這樣而已，幹嘛那麼高興？

洗臉刷牙完，沒事幹，肚子正餓的時候，房門開了，我以為是阿賓送早飯來，一個箭步衝回床上裝病患，沒想到進來的人卻是斬鳳，她左手拿著餐盤，右手還提著一大堆東西，真不知道是怎麼開的門，但我知道她是怎麼關的門，用腳踹就對了。

看我躺在床上，她一個挑眉，說：「還裝？你今天都想走人了，還會下不了床？」

我嘿嘿笑了下，從床上坐起身來。

斬鳳放下餐盤，「吃早飯。」

來得正好，我真的餓了，眼巴巴地看著鳳，但她卻翻著自己提進來的東西，沒過來餵飯。

好一陣子後，斬鳳終於察覺到我殷殷期盼的視線，轉過頭來，有些莫名的看著我，問：「怎麼不吃？」說完，她頓了一下，好笑的說：「是在等我餵你？」

「沒有！」我立刻回答，連忙拿起餐具開始吃早點，被餵得習慣了，差點忘記自己有手可以吃飯，嘖，真是由奢入儉難，茶來張口的日子真不能多過一天。

斬鳳走到床邊，拿走我手上的餐具，我一征，她就開始餵食的動作。

「怎麼是白飯不是粥？」過去六天，多半是吃粥為主食。

「病人吃粥好消化，但你是嗎？」斬鳳慢條斯理的說：「而且你今天要走，吃飯比較不容易餓，在外面可沒有人會餵你吃飯，現在多吃一點，不准再說吃不下。」

我乖乖地把餐盤上的食物都吃光光，連蘋果都沒留下。

吃完飯，斬鳳把餐具一推，說：「站起來讓我看看。」

我又乖乖地站起來供人欣賞，還認真地轉了個三百六十度的圈，對斬鳳露出完美的笑臉，絕對是個認真盡責的小白臉來著。

斬鳳呵了一聲，笑說：「瘦巴巴的，你想給我看什麼？」

……結果是失敗的小白臉。我不甘願的辯解：「本來沒這麼瘦，還有肌肉的！只是受傷後又掉肉了。」

斬鳳嘴角一勾，也不知信不信，只是把背包往前一推，說：「我給你準備了不少食物，你多吃點就長肉了，現在過來換衣服。」

她抛來一套衣物，連靴子都有，我也沒扭捏，直接就換上了，衣服倒是簡單，T恤、牛仔褲配上背心，和之前穿的衣服樣式差不多，真難為斬鳳能看出那堆破布原本是什麼樣子。

「過來看看物資。」

我好奇地走上前一看，一個大登山包，兩側口袋各插著一把沙漠之鷹和一柄匕首，旁邊還有一組腰帶、刀槍套，套中也不是空的，同樣是一把自動手槍和一柄匕首。

斬鳳，竟連武器都為我準備好了。

斬鳳隨意地說：「包裡多半是水和食物，槍只準備兩把，子彈在包裡，但除非逼不得已，否則盡量別開槍，槍聲會引來很多異物，你單獨一個人收拾不完，也沒辦法嚇走他們，盡量用匕首解決。」

我眼皮一跳，突然意識到一個問題，連忙裝出疑惑的表情反問：「異物？一直聽到妳說這個詞，是指那些怪物吧？」

斬鳳點了點頭，不怎麼在意的說：「我們這邊的人都叫異物。」

「喔。」

越來越認定那個靳小月和我是同一個世界的人，而且人家記得的事情比我完整得多，三大頂尖強者的名字都清清楚楚。

不知道這個小月一階了沒有？那時她和靳鳳在門外說話，我並沒有感覺到對方有多強悍，但這也有可能是她太強悍的結果，所以我無法探查出真正的底細。

靳鳳拿起那組皮帶給我繫上，又揹上背包後，她上下打量一番，搖頭笑道：「你帶著槍，看起來就像小孩穿大人衣。」

「我槍法很準的！」我抗議道。

「最好是夠準。」靳鳳拍了拍我的背，說：「走，趁大部分兄弟都不在，我帶你出去，免得麻煩。」

這就放我走了？我眨了眨眼，有點不敢置信，自己一定是把未來十年的好運氣都用來遇見靳鳳，不但被救、好吃好喝，拿到補給品，還從靳小月嘴裡知道一堆事情。

這麼好運，真的是疆家人該有的運氣嗎？莫非因為末世第四個月就一次遇上兩個一階異物，這衰到上天都看不下去，特地給補償來了？

靳鳳帶著我，走過長廊，下了好多層樓的樓梯，最後才從後門出去。

我回頭一望，終於看清自己這幾天是睡在什麼樣的地方，這是一間大樓，約莫十五、六層吧，一到三樓似乎是間賣場，上面則是辦公大樓。

我皺了下眉頭，說：「這麼大的地方，應該不好維護吧？異物什麼的不會潛進去嗎？」

選擇性跳過「不會一直有人靠過來求援嗎」這個問題，對方是黑道中人，解決人類的方式可能聽著讓人不會太愉快，還是別問了。

「我們人多軍火多。」靳鳳簡單說。

一句話差點讓我想哭著跑掉，人跟人的差距怎麼就這麼大呢！

「這附近的異物都被我們幹掉了，你大概往外走個十分鐘，才會開始進入危險區，小心點，盡快回到你家人身邊去，如果……」

靳鳳突然停頓住了，我專注地看著她，等著如果的後續。

「如果你那邊不安全，就帶著家人過來。」說到這，她若有所思的說：「但我認為你不會來，是嗎？」

我微微一笑，自信的說：「是呀，我大哥很威的。」

冰皇疆書天就是我大哥！只是現在被我帶歪，走上補師之路，想到這點就鬱悶。

但重要的是之前便已經決定不活在別人家的地盤了，就算是雷神斬展的地盤也不行，我家大哥是冰皇，就算這輩子的異能不是冰，總也會混出個別的皇來，沒聽過王不見王嗎？

況且現在這個階段，雷神的團隊實在太威，大哥若是過來，只有屈居人下的分，開什麼玩笑！大哥肯我都不肯！

「那真可惜，我挺喜歡你的。」斬鳳淡淡的說。

我被告白了，被救命恩人告白了，被金主告白了！現在該怎麼辦？

「鳳，如果我們還能見面，」我頓了一頓，不敢給什麼大承諾，只能說：「換我給妳餵飯。」

斬鳳一勾嘴角，說：「好。」

現在是不是該來個吻別什麼的？但是，我還沒想好要喜歡什麼性別，就這樣讓人家有期待，真的可以嗎？

躊躇再三，斬鳳卻一個踏步上前，我緊張地瞪大眼，這、這……好吧，妳來總比我來好。

我是不是該閉上眼……不對！這種事有男人比女人先閉眼的嗎？

斬鳳伸手捏了捏我的臉，笑道：「你的表情真有趣。」

全世界都這麼說。

「走吧。」斬鳳毫不戀棧的說：「如果你想去的地方不遠，盡量在天黑前抵達。」

雖然今天應該到不了，但我只是點了點頭，夜晚活動的異物沒比白天多，但是常常更加難纏，多半都有夜視能力，雖然現在人類的視力以前好得多，但也比不上這些異物。

「再見了，鳳。」我帶著歉疚的心情道別，不過轉念一想，她家有雷神，我家有冰皇，末世再危險，有這兩尊保護神在，我們以後一定有機會見面，到時再好好還這分人情就是了。

「再見了，小宇。」

再不戀棧地轉頭離開，走遠一些時，我回頭一看，斬鳳仍站在那裡，站姿筆直，一手搭在槍套上，光看身影就覺得一整個狂霸酷炫跩，這樣的女人簡直偶像！自己上輩子就連作夢都想成為這樣強悍的女人，可惜一開始就走錯路，只能把希望放在這輩子。

我忍不住高喊：「斬鳳，妳記住了，我叫書宇，疆書宇。」

不知道她聽不聽得見？我正想轉頭離開時，她微偏著頭，抬起手來，大拇指高舉，帥到我真恨自己手上沒有相機，想要簽名照啊！

「疆書宇，活下去。」

我笑了，回給她同樣一根大拇指，然後再不遲疑的轉頭就走，看著高樓大廈群，心裡的擔憂與惶恐突然消失無蹤，老娘一階我怕誰！

大哥、書君，等我！

第六章

異物都城

背靠著電線杆，我把手上帶血的進化結晶丟進扁酒壺裡去，酒壺只有掌心大小，看著是銀製的，十分精緻小巧，壺底還有個篆體的「鳳」字，也不知道斬鳳是怎麼想的，居然在背包裡面放一小壺酒，難道是給我壯膽用的？

總之，把酒一口喝光後，這酒壺正好可以用來放進化結晶，現在沒階的結晶對我的效果就剩下療傷了，所以吃掉幾顆療傷後，剩下的都存下來，打算拿回去給其他人吃。

但我真心不想存這麼多，只想快點回到家啊！

其實若能直直地跑回家，跑個一天一夜說不定就能到了，偏偏我就是不能直走，城市的異物多得讓人頭皮發麻，雖然沒再撞見一階異物，但一大堆沒階異物也能逼死人的！

今天是離開斬鳳的第三天，真懷念有人餵飯的日子，我搖了搖酒壺，裡頭傳來細碎的聲響，收穫可真豐富，這城市簡直遍地是結晶，這讓我的危機意識更高了，現在看來，住在郊區的自己能夠這麼早進入一階，真的非常僥倖，都市和郊區的危險性差距實在太大。

不，其實疆家人的衰運讓郊區都能媲美都市，算算我到底遇過幾次一階異物了？單獨收拾一次、腦魔一次，外加鳥兩隻，平均下來居然有一個月一次，這是什麼大姨媽的週期！

上輩子，關薇君在都市逃亡半年才看過一階異物，還是遠遠地就逃跑了。這衰運真是讓人五味雜陳，雖然讓我住在郊區都能一階，但也因此離開大哥和書君……唉，算了，快點回到他們身邊不就好了，說起來，我還得抵冰皇的缺，不努力也不行，衰就衰吧！

收起酒壺，我拿出地圖來，確認自己沒有走錯方向，雖然快走出中官市，但是現在已經天黑，實在不利於趕路，再三衡量之下，只能先放棄想快點見到大哥和小妹的焦急，再窩一晚上，爭取明天傍晚以前抵達，和家人一起共進晚餐。

找了間樓房，這裡已經是城市偏外圍的地區，高樓大廈稀稀落落，不像中心商業區那麼多，大多是十樓以下的樓房居多，但是異物的數量卻沒比市中心少，大約是因為黑霧發生時已經是半夜，大多數人都回到家了，中心商業區反而人數沒外圍多。

也因此，路程進展反而是越走越慢，每前進一個街區都要小心翼翼，三不五時就踏上某個異物的地盤，然後不得不開戰，一旦異能耗損到一個底線，又得找地方躲藏起來，避免又被異物找上會落於下風。

看準一個僅有三層樓的破敗樓房，確認裡面沒人後走進去，挑了二樓雙面開窗的主臥室，確保隨時可以跳窗落跑，我躺到衣櫥裡去，將衣櫥門關上，僅留下一條縫可以觀看外頭的狀況。

雖然現在應該才八、九點左右，但啃完乾糧和水後，我抓過頂上一堆衣服，躺在上頭就準備睡覺，明天天一亮就立刻出發回家去。

大哥、書君，我真的好想你們，以後再也不迷惘了，什麼前世今生的都不重要啦！反正我當定疆書宇，我就是你們的弟弟和二哥！

意識正漸漸昏沉的時候，一陣輕微的人聲傳來，我立刻醒轉過來，但這情況不少見，路上已經遇過好幾次人了，只是我都暗中就避開，不打算打交道。

雖然城市很危險，但總有人會活下來，存活率看起來貌似比郊區還高一些，大概因為城市都是獨居或小家庭的人較多，其實一開始的危險都來自於身邊人異變而成的異物，郊區這種家庭式居住很容易就全家陣亡，反倒是城市活過第一天的人較多，只是後續死的人也多而已。

靜靜聽了一陣子，那人聲似乎進了屋子，我皺了皺眉頭，進來的時候就檢查過這間屋子，絕對沒人住在這裡，是正好選中同樣的落腳地嗎？

真麻煩啊！說實在的，明明自己先來的，現在又晚了，實在不甘願主動離開，但是那些聲音聽起來似乎人數不少，真不如直接去找個新落腳地要簡單多了。

打開衣櫥，正想跳窗離開，連腳都踩到窗框上，樓下卻傳來叫聲。

出事了嗎？我遲疑了一下，還是打算直接跳窗走人，這年頭，聖母當不得。

「媽媽！」

「……」我扶著窗框，就差落腳了，但這清脆的孩子嗓音恐怕沒有十歲吧？能活到現在真是不容易，他的母親肯定費盡心思。

媽……

一咬牙，我回頭一口氣衝下樓，停在階梯處看清現場的狀況，這是一夥五花八門的人，不到二十個，有老人有小孩有女人，前頭是七、八個帶槍持棍的男人，但他們卻不怎麼敢開槍，想來是怕引來更多異物，光拿著棍子戳異物，棍頭還綁著菜刀。

這場景真眼熟。

五隻異物闖進屋內，那型態頗奇異，難以形容，有點類似是我看過的異形電影，像是一群被主角打歪的異形，其中一隻的體型頗大，有一人半高，菜刀都傷不了他，眾人忌憚的對象似乎就是這一隻。

「其他人快到樓上去！」其中一個男人回頭喊。

「不行，樓上還沒檢查過……嗯？」他轉頭看見了我，瞪大眼呆滯不動，幸好他身邊的同伴多，還能擋下異物。

我也不多說，抽出匕首，越過眾人，甚至越過比較近的異物，直接撲向後方最大的那一隻，對方的雙手異化成鐮刀狀，而且披著一身甲殼，看樣子就知道是不容易受傷的類型，所以他毫無畏懼地直接一刀子劈過來，但我輕易閃過去，匕首插進他的手肘關節處，寒氣順著匕首衝進去。

這異物顯然沒遭遇過異能攻擊，他完全反應不過來，還試圖想要用另一隻手打掉匕首，但這匕首可是整根沒入他的關節，還從裡到外被冰霜凍住，這一打下去，他痛得大叫，那叫聲詭異到不行，像是壞掉的收音機似的。

見他這麼主動把嘴張大，我立刻抽出另一把匕首，先是抓住對方的下巴，然後就直接把匕首插進他的嘴裡，還扭了幾圈才拔出來，緊接著又戳進他的眼裡。

這雙眼睛似乎包覆著透明的殼膜，戳進去的時候略有阻礙，還有一道輕微的破殼聲，但這並不足以擋下我的攻擊，匕首仍舊順利從眼眶徹底戳爛他的大腦。

還有四隻。我扭頭看向剩下的異物，思考要不要讓那些男人自己解決，好歹累積點戰鬥經驗，自己也有理由不去拿那四隻異物的進化結晶，但是，那四隻異物見情況不妙就轉身逃跑，根本不給這些男人一個機會。

都市的異物進化得比郊區要快多了，他們見到情況不對就會逃跑，不像郊區那些初生之犢不畏虎，硬是要撲過來直到全軍覆沒為止，我剛開始看見他們逃跑的時候也愣了一下，然後才想起來前世的狀況確實是如此。

拿著匕首支解鐮刀異物，雖然不到一階，但這隻異物明顯比其他的強悍，結晶的品質應該會比較好，不能錯過。

後方寂靜得沒有半點聲音。

「你、你在幹什麼？」有個男子顫抖著嗓音問，聲音聽著挺年輕的，搞不好跟我差不多大。

我沒理會他，繼續開膛剖肚取出結晶，還特地把結晶舉起來看了一看，這才收進口袋，只是留了個心思沒直接放進酒壺裡去。

現在到底該怎麼辦呢？我皺了下眉，終究選擇回頭看向眾人，他們倒吸了一口氣，隨後又立刻鬆了口氣。

「怎麼是個男孩？」眾人都看傻了眼，愣愣地盯著我不放。

我環視所有人，沉著臉，試圖裝出冷酷的模樣，說道：「我在樓上睡，你們不准上來。」

顧這些人一晚就仁至義盡了，其實拿完結晶就應該立刻走人，只是這夥人老的老小的小，明顯是幾個家庭的烏合之眾，也不知道是怎麼得到槍械，看著都不太會用的模樣，實在無法一走了之。

我走過他們身旁，打算上樓去，絕對不要跟這些人有交集。

「等一等，你剛才是不是用出奇怪的能力？」其中一人高聲道，這聲音似乎是剛剛問我在幹什麼的那一個。

我用眼尾掃了一眼，果然對方看著就是十八、九歲的樣子，身型比我高大些，皮膚曬成古銅色，看起來就是運動型的，五官又不錯，整個人看起來十分陽光爽朗，屬於第一眼看見會讓人有好感的類型。

但我還是沒有回答他，走到樓梯口時，其中一個女人突然抓起孩子衝上來堵住去路，哀求道：「把我的孩子帶上樓！求求你，她很乖，不會打擾你！」

那是一個約七、八歲的女孩，正慌亂地轉頭看著母親。我垂下眼簾，冷冷地說：「妳的孩子只有妳才願意保護。」

若只有一個孩子，帶上樓也無所謂，但這裡大大小小的孩子有五、六個，甚至還有一個約莫十五歲上下的青少年，這個又算不算孩子？全帶上去的話，我乾脆睡在一樓算了，但絕對不可能這麼做，光是留下來這個舉動，老娘都想敲自己一腦袋。

是誰讓你做聖母的啊啊啊！

我們的隊伍不能吸收這些人，他們將近二十個，卻只有七個年輕男人，這還是連那個十八歲陽光男都算進去的結果，而女人們一個個只會縮著不動，好一點的是幾個媽媽會抱住孩子，但卻還是縮著不動。

這個時期，就算是關薇君都能拿著棍子在旁邊打打醬油，隨時預備拖走專門腦衝的男朋友了。

越可憐越不能帶回去！我還是趕快回樓上窩著隨便睡一下，等天一亮就立刻跑路吧。

我想衝上樓，但擋路的人卻不讓。

「求求你。」那個母親淚流滿面，哭道：「下面太危險了，求求你救救我女兒，求求你！」

我握了握拳，冷聲道：「讓開！」

「你這個人怎麼一點同情心都沒有？」那個陽光男氣憤的說：「只是個小女孩，你讓她睡在旁邊會怎麼樣？」

會睡不著！會不方便逃走！會……

我握了握拳，反手抽出匕首，喝道：「讓開！」

對面的女人嚇得立刻抱著女兒閃到角落去。

我踏上階梯。

陽光男氣憤地像是想衝過來，但卻被一個女人抓住不放，對方急得都要哭了，她看起來有點年紀，或許是他的母親，莫名有點眼熟，難道是上輩子看過？或者是疆書宇認識的人？

「現在的人都已經夠少了，整個城市都是怪物，你卻連幫把手都不肯嗎？難道要等到人類滅絕，你自己要獨活在怪物群裡？」

旁人紛紛勸道：「沈一邵，你少說兩句吧！」

還有人跟我陪著歉：「年輕人就是急性子，您不要介意啊，別理他就好，您想上樓就上樓，保證沒人敢再攔！」

滿嘴敬語，還有掩飾不住的恐懼和驚慌，對他們來說，或許我也就比異物好上那麼一點點，至少應該不會吃人。

我走上樓，腳步沉重，重新躺回衣櫥裡去，卻怎麼也睡不著，樓下那夥人太眼熟了，上輩子，我多半就是這個處境吧？只是比那些女人好一些罷了，因為有個專門送死的男朋友，女人不堅強都不行。

如果那時候有個強者肯幫忙的話……又怎樣？沒強者，我不是也活到末世十年了，就算有強者可以依附，難道夏震谷就會對我從一而終嗎？更何況，那傢伙一向好強，到時候肯定拚命要跟人家比較，若一直贏不了，不知道會幹出什麼事來，情況搞不好更糟。

想通以後，還以為就可以睡得著了，但翻來覆去就是沒法安然入睡，不得不承認自己就是心軟了，以前沒能力，連自身安全都沒法保障，根本不可能伸出援手，倒是沒有半點心理負擔，現在有能力卻選擇轉身離開，光想到那位母親為了女兒，拚命哀求的姿態，心裡就一股子悶。

早知道剛剛就跳窗……不，要是真的沒下樓，直接跳窗走人，搞不好現在更懊悔。

左右都心悶，小琪說我是聖母屬性果然有道理。

「誰會像妳，不但和小三和平相處，還會幫忙的？」小琪沒好氣的說：「妳昨天是不是又拿食物去給那些過氣小三了？」

我還理直氣壯地說：「那是因為我早就不在乎夏震谷了，而且他收了那麼多女人，一個個去討厭，我不累嗎我？而且那些只是自己吃不完的食物。」

小琪用懷疑的眼神看著我。

食物真是多的，但不知為何，小琪的眼神還是讓我有點心虛，連忙辯解：「那些曾經找過我麻煩的女人，我可都沒給，只是給那些小女孩，她們才多大，不找強者依附要怎麼活，能怪她們嗎？」

「好了，妳急什麼，我只是擔心而已。」她氣餒地說：「說到底，我也是被妳幫的過氣小三，哪有資格要妳不幫人。」

「沒那回事，妳也幫了我不少忙，要不是妳，那些小三不知道會讓我吃多少虧……」

從回憶中醒轉，原來關薇君也不是沒幫過人的。當時有了根據地，又餓怕了，開始養東養西，還種上不少植物，弄出許多能吃的東西，也因此保住「女朋友」的寶座，這好處沒多少，還得被小三們各種打擊，但至少不會被剝削。

看著那些被遺忘的小三們，當時，我早就是夏震谷有名無實的女朋友了，真是感同身受，才會不時就送點食物過去接濟。

在衣櫥裡發呆了一陣子，我下了決心，走下樓，只見老人小孩撐不住，早睡成一片，女人緊抱著自己的孩子，驚慌地看著窗戶門口，男人們則是像繃緊的弓，一有個風吹草動，隨時都會彈起來，就算睡也不會深眠，所以個個眼圈都黑得像被揍過似的。

沈一邵第一個發現我，他警戒地沉聲道：「你想做什麼？」

我從酒壺中倒出晶體在手心，攤著讓他們看，自顧自地解說：「這是進化結晶，在異物的胸口可以挖出來，吃掉它可以強化身體，增進異能，甚至可以療傷。」

看了看所有人，我走向沈一邵，舉著手心的進化結晶，說：「吃了它。」

沈一邵後退了幾步，有些猶豫，完全不敢伸手。

我皺了眉頭，選錯了嗎？本想這年輕人看起來挺衝動，而且通常小說看多了，也比較能接受異能啊進化啊什麼的，他應該最敢吃才對。

只要有一個人開頭吃了沒死，其他人多半也會吃，畢竟我展現過實力，對付這些人，用不著下藥這種手段，最重要的是，這種末世逃亡的日子簡直沒有未來，這結晶總是個希望。

沈一邵猶豫不決，我皺眉，不知要繼續逼他還是另找人，但這時，一個身影衝上來，我側身一閃，看清對方後沒做任何舉動，那是個女人，懷裡還抱著孩子，她一手把結晶抓走就餵了孩子。

餵食的時候，我看清那個孩子的臉頰泛紅，顯然正在發燒，結晶餵下去也沒有太大反應，那個母親忍不住哭了出來，有一個男人走到她身邊，哀傷地看著這對母子，應該是丈夫。

我走上前去，探了探孩子的狀況，並沒有受傷，安慰道：「沒事，他應該是在發展異能，多喝水多吃東西就好。」

其實，經歷黑霧後，人體變得強悍，怎麼死都很少是病死的，不是被殺，否則就是受傷感染後變成異物，更何況這還是個孩子，小孩看著脆弱，但其實他們的恢復力比大人更好，再過幾年，大人的戰鬥力不見得贏得過一個小孩，那時已經是推翻一切舊有常識的年代。

我再拿出一顆結晶，直接遞到女人的嘴邊。

她遲疑了一下，轉頭看向丈夫，說：「給我老公吃吧。」

「一人一顆。」

聞言，女人伸手想拿走結晶，但看她的神色，我就知道她八成想偷偷留給丈夫吃。

我把手移到那個丈夫嘴邊，冷道：「一人一顆，立刻吃掉，不想吃的可以不吃。」

丈夫怔了一下，卻沒敢吃，我只停了三秒就移開，這還是第一個人才停這麼久，之後的有個一秒鐘就不錯了。

再次把結晶移到女人嘴邊，她瞪大眼，我正想移走時，她一口將結晶吃掉，還引來丈夫的著急和怒視，只是他看了我一眼，到底沒敢說什麼。

隨後，我一個個去遞結晶，有人吃了，有人不吃，出乎意料之外，沈一邵卻自己走上前來討要，笑得露出一口白牙，還說：「我相信你是好人。」

誰需要你相信了？我忍住翻白眼的衝動，保持著高傲冰冷的表情，但還是給了他一顆結晶。

隨後，幾個沒吃的人看見他討要的舉動，又見吃了的人都沒出事，所以也想上前來要，但我收回手，淡淡地說：「沒了。」

當然還有，而且最大的那隻異物結晶也留下沒動，但我不爽給了，怎麼樣？

沈一邵吞下結晶，等了幾秒，滿臉疑惑地說：「好像沒什麼差別。」

「一顆、兩顆的差別不大，頂多身體更好一點，必須持續吃。」

沈一邵點了點頭，理解地說：「就跟玩遊戲點角色技能等級一樣，點高了才有用，對吧？」

不愧是年輕人，舉例都這麼遊戲化。我點了點頭，看他能夠接受這些觀念，也就多說一點：「也和遊戲一樣，吃多了就得用更好的結晶，以後異物會越來越強，他們的結晶會更好。」

本是好意提醒，沒想到這些人抓到的重點卻是另一句話，立刻騷動了起來。

「那些怪物會越來越強？」

「天啊，這世界到底怎麼了？」

眾人都慌了，男人的臉色很驚慌難看，女人們甚至都哭了起來。

我看著他們，有點厭煩卻又能理解，當初的自己恐怕也比這些人好不了多少。

想要轉身不管不顧就走，又覺得自己的話引起恐慌，如果就這麼跑掉，實在沒辦法對自己交代得過去。

正想說明人類一樣會變強時，沈一邵卻先一步開口問：「我們也會變強嗎？」

我微微一勾嘴角，「只要你活下去，就會變強！」

沈一邵的雙眼發了亮，比起一旁的人們要有活力多了，看著竟有些像……夏震谷。

末世開頭時，他差不多就是這種模樣，雖然也對世界變樣感到惶恐，卻並不絕望，發現自己有異能後，還拚命想著要變強，如果不是覺得太蠢，恐怕連「我要成為第一人征服世界」，他都能喊出來。

我的心情突然差了。

「那你剛剛說的異能是什麼？」沈一邵興奮地問。

這人是沈一邵，不是夏震谷！我甩掉多餘的念頭，伸出手，掌心朝上，在手心凝結出一顆橢圓透明小球，像是種子般開始發芽生葉，努力向上攀長橫生枝幹，最後長成一棵三十公分的透明冰晶樹。

「好漂亮。」沈一邵讚嘆道。

眾人瞪大了眼，多是讚嘆，也不是太過驚嚇，他們之中應該不少人已經發現自己的特殊能力，只是都派不上用場，頂多只能用來喝水點火，搞不好還不如打火機好用。

我特意說：「每個人都有異能，各種稀奇古怪的能力都有，越是難以發現的異能越是有用，不必著急。」

說完這些話，感覺心中的愧疚消散良多，要知道，當初的關薇君可是自己摸索著視力的用法，在實戰中鍛鍊，還因為拚死打爛異物胸口，這才發現進化結晶的存在，這夥人的遭遇已經比我上輩子好了。

「啊！」抱著孩子的女人突然驚呼：「醒了、醒了，孩子醒了！」

我看向那孩子，小臉上的紅已經退了不少，果然沒事，多半是發展異能耗掉太多體力，這結晶一吃下去補補，馬上就好了。

不過耗費掉這麼多體力，這異能程度多半很不錯。

我有點心動想把這孩子帶走，但人家父母都健在，要帶肯定得帶三個，這對父母願不願意脫離大部隊，跟我這獨行俠走，這還難說，加上旁邊又有這麼多人在，我也不能明說自家有個傭兵團，有武器和滿倉庫的物資。

太麻煩了，果斷放棄！

不過這孩子若能發展成強者，對人類倒是件好事。我從背包拿出幾塊巧克力，先掰下一角朝那個孩子嘴裡塞，剩下的丟給一旁的男人，免得他覺得我太照顧他老婆，胡思亂想就不好了。

然後，我轉身奪門而出。

「等等，你去哪——」

背後傳來沈一邵的叫聲，但我沒有停留，不敢再停留，就算危險的晚上也必須跑，再這麼待下去，真要成聖母了。

上輩子當當聖母還無所謂，頂多就是自己被前男友背叛，推入異物堆裡，然後變成一堆碎片，但是現在我有大哥、有小妹、有叔嬸，還有大哥的傭兵團，有這麼多在乎的人，聖母絕對當不得——我猛然轉身跳開一步，幾乎是同時間響起一道槍聲。

我冷冷地瞪視這夥人。

「你、你幹嘛開槍？」沈一邵不敢置信地看著團隊中的一個男人。

那人雙手舉著槍，還有些顫抖，先是慌亂了一下，隨後咬牙說：「他身上有食物，你看他的背包那麼大，不知道裝了多少吃的，還、還有那個結晶，他肯定還有，叫他把東西留下來！」

沈一邵不敢相信的說：「你在說什麼？」

他很吃驚，其他人卻不是個個如此，好幾人甚至有些意動。

見狀，我笑了，對面的人不分男女都露出看呆驚艷的表情來，疆書宇這張臉永遠都這麼威，裝了半天的冰冷都抵不上一笑。

「異物都打不贏，卻敢對我動手，難道就過這麼一下子，你們就忘記是誰殺死異物的嗎？」

殺異物不行，殺同類倒是挺敢出手的嘛！

聖母果然當不得，這夥人要是被我帶回去，給傭兵團帶來大麻煩，我都沒辦法原諒自己！

那開槍的人神色突然一狠，手也不抖了，我靜靜地看著他，對方顯然還不到泯滅良心的地步，還有愧疚和不忍的表情，只是這些都沒能阻止他開槍而已。

右手一個握緊，本來空無一物的掌心已經握著一把冰小刀，再一揮，刀子準確地插進那人的心口，他瞪大眼，似乎想低頭看看是什麼東西，但整個人就這麼直接倒下去。

眾人還愣愣地沒反應過來，略帶疑惑，似乎在想這人怎麼突然摔倒了。

「別尖叫。」我淡淡地提醒：「那傢伙開槍的動靜已經不小，若是再有一堆叫聲，真的把異物引來，你們都別想活命了。」

那沈一邵蹲下身去，拍拍那人，見情況不對，直接把他翻過來，愣愣地看著對方胸口突出的那一小截冰柱。這種臨時用的冰小刀，雖說是小刀，但也不過就是尖銳的冰塊罷了，僅略有刀子的雛形，刀柄更是比刀片更粗糙，讓我有握住的著力點就好了，又不是要用來做冰雕展。

此時，眾人倒吸了一口氣，幸虧沒人尖叫，大概是現在也末世第四個月，人對於死亡都不陌生了。

沈一邵也慌了，呆呆地抬頭望著我，不解地問：「你、你為什麼要殺他？」

因為他要殺我啊！這理由還不夠顯而易見嗎？

「你將來會感激我殺了他。」

這男人能夠為了食物殺我，難道就不會殺其他人嗎？到時候這隊伍會被他幹掉幾個可就難說了，偏偏，這種人卻最容易踩著別人的屍體活下來，末世總是到處充斥這些背後捅刀的人，能少一個是一個！

「我不會！」沈一邵怒目瞪視我。

這小子還真有我上輩子的聖母特質，喔，不，他是男的，這該叫什麼？聖父？

可惜末世死最快的就是聖字輩的人，關薇君能活到末世十年，真是逆天的好運氣。

懶得再和他糾纏，我本就已經站在門口，立刻轉身就走。

「站住！」沈一邵急得跳腳，「你殺了人就想跑嗎？」

我回頭白了他一眼，「那你報警抓我吧。」

隨後，再不戀棧地離開這夥人，多虧那一槍，把我多餘的聖母心打了個粉碎，終於可以毫無愧疚地閃人，回家找大哥和小妹訴苦去，說不定還能得撫摸呢！

回家！

第七章

大哥，大哥

夜晚趕路真的比白天要命得多，一路上，我又蒐集到許多進化結晶，都快把耗在那群人身上的數量補回來了。

趕了一晚的路，途中還不時得停下來戰鬥，或者在街道間飛快地拐來彎去，就為了甩掉大群異物，說實在的，真是累死人，但成果卻很不錯，原本預計傍晚抵達，但是現在還不到早晨十點，我卻已經能遠遠地看見家所在的社區。

這點疲憊根本比不上對家的思念，我的腳步反而越來越快了，就算因為沒吃早餐感覺很餓，但卻懶得停下來吃東西，快點趕回去讓書君給我做個早午餐才對，誰要吃乾糧啊！就算是靳鳳準備的乾糧也比不上書君做的飯！

又走過幾條街道，心情雀躍到小跳步都出來了，好不容易看到熟悉的路牌，再往前走兩步朝左看就可以眺望到家了！

一步、兩步，朝左看！

巨大透明的冰晶群正矗立在不遠處，就在家的位置上。

我的腦中一片空白，雙腿卻已經反射性開始狂奔。

家毀了！全毀了！

大哥呢？

書君呢？

叔叔和嬸嬸呢？

狂奔到家門前，圍牆無損，但看進去，房屋只剩下斷壁殘垣，中間還矗立著巨大冰晶群，這是什麼狀況？我完全無法理解，莫非這些冰晶從天空掉下來砸中屋子？

如果這是末世十年，那還解釋得通，一個強大的冰異能者就可以做到這點，但現在才末世第四個月啊！一階的我都無法做出這麼大的冰晶來，更別提把屋子砸成這樣，要幾階才做得到眼前這景象？

「大哥？」我忍不住大叫，完全顧不上可能有敵人的問題。

「書君！」

「叔叔、嬸嬸？」

完全沒有回應，我走進圍牆，這時的腳步反而慢了，艱難地扭頭張望四周，生怕看見什麼無法接受的景象。

但除了被破壞的屋子，什麼也沒看見，我鬆了口氣後又揪起心，繼續朝冰晶走過去，這些冰晶個頭這麼大，砸死人都夠了……呸呸呸！胡說什麼！

繞著冰晶群走了一圈，什麼人都沒找到，甚至沒有半點血跡，我開始感覺奇怪了，家裡像是根本沒有人在，莫非冰晶砸下來的時候，正巧沒人在家，而屋子變成這樣也不能住下去，所以大哥他們乾脆搬走了？

不，不可能，大哥他們就算搬家也只會在附近，畢竟我還沒回家呢，他們不可能拋下我。

我一邊皺眉思考，一邊爬上冰晶，剛剛觀察冰晶群坐落的位置，中間應該有不小的空間，先爬上去看看裡頭是什麼狀況再說。

這些晶體又冰又滑，實在不好攀爬，幸好我是個冰異能者，但還是覺得雙手凍得快沒感覺了，這得是多強大的冰異能者做出來的事情？怎麼可能？

好不容易爬上頂端，我朝下一看……

「大哥？」

那躺在冰晶群中間的不是大哥是誰？他靜靜地躺在冰上，雙眼緊閉，沒有任何反應。

「大哥你沒事吧？」

沒有回應！

我連忙順著冰晶的坡度滑下去，連膝蓋在冰上重重磕了一下都顧不上，連滾帶爬地衝向大哥，最後跪在他的身邊，不知所措。

「大哥？大哥？」

我一聲聲喚，卻不敢伸手去探探……鼻息。

這裡冷得很，凍得我全身僵硬，感覺連心臟都快結冰了，多待一陣子，恐怕連命都沒了吧？我還是冰異能者呢！

眼眶一陣酸熱。

到底發生什麼事了？大哥你怎麼可能倒下？怎麼可能！靳小月說你本來是冰皇啊！

你本來可以成為冰皇的，卻被我一通電話喊回來，冰異能變成治療異能，最後躺在這裡……

酸熱一直沒能落下來，全結成霜了，我抬手一擦眼，自己可不能現在就變冰雕，還沒找到書君和叔叔嬸嬸。

擦完眼，一放下手就想去探探大哥的鼻息，卻一眼看見他望著我。

我張大嘴，一股滔天欣喜湧上心頭。

大哥睜眼看著我！

「大……」

他突然一把掐住我的脖子，我立刻感覺到頸子傳來冰寒無比的能量，竟連有冰異能的我都招架不住，只覺得連呼吸都結了冰，窒息的痛苦立刻席捲而來，我可不想被大哥親手殺了，連忙奮力一腳踹過去。

但這一腳被他毫不費力地抓住，又是一陣冰寒能量襲來，凍得我想尖叫，但早已被凍住的喉嚨卻不可能發出任何聲音。

大哥，你想殺了我嗎？為什麼？你真的要……掐死我嗎？

大哥看著我，臉上充滿憤怒的表情，但漸漸地，這怒火消退了，取而代之的是迷惘，突然間，閃過一個愣住的表情後，他不敢置信的問：「書宇？」

我早已連回應的力氣都沒有了，他看著自己的手，連忙放開我的喉嚨。

溫暖的空氣衝進冰凍的喉嚨，除了蜷曲在地上拚命咳嗽，我什麼事也做不了，這期間，大哥只是慌亂地拍著我的後背。

「書宇，真的是你嗎？」他不知所措的一再問：「是你嗎？」

廢話，不然是書君喔？

好不容易喉嚨好點了，我抬起頭來，大哥就這麼怔怔地看著我的臉，活像八百年沒見過弟弟有多帥似的。

「書宇？」他愣愣地又喊一次。

先把人掐啞了，再來拚命喊人，大哥你這到底是哪招？我翻了個白眼，啞著嗓子回了個「嗯」。

大哥伸出手來，我嚇到護著喉嚨倒爬兩步，可別再來掐一次，喉管都要凍掉啦！

他一怔，似乎不知我為何要躲，臉上甚至閃過怒容，但隨即視線又移到我護住喉嚨的雙手上，怒火又成了愧疚。

大哥縮回手，沒再逼近，只是皺眉思考了一下，突然問：「書宇，我是你的誰？」

……這大哥，腦子被凍傻了嗎？

「大哥。」我真的苦惱了，大哥該不會也失憶了吧？不可能啊，他都叫我書宇了，明顯知道我是誰。

「我們的弟弟叫什麼名字？」

哇靠，大哥真傻了？居然把書君都性轉成弟弟了！

沒得到回應，大哥竟低吼：「回答我！」

感覺到氣溫下降得厲害，我只好用破銅鑼的嗓音回答：「我們只有妹妹，叫做疆書君。」

「你一般都叫她什麼？」

「君君。」

這些問題似乎是在確認我的身分？莫非有人冒充我過來嗎？

大哥沒再繼續問下去，只是看著我，真形容不出他臉上是什麼樣的表情，像是失去過全世界，然後又重新得回來。

他的神色全然放鬆下來，眼角竟帶了淚，嚇得我腦袋一片空白，但還沒來得及有反應，大哥就撲上來，緊緊地把我抱在胸前，力道大得讓我剛受傷的喉嚨都痛了。

頂上傳來哽咽的聲音，「太好了，我以為自己還是來晚了，再一次沒趕上，再一次沒能救你和書君……」

說到這，他突然停下話，又稍微推開我，急忙問：「書君呢？」

「書君不是和你在一起嗎？」我越來越搞不清楚狀況，大哥這是怎麼了？整個人完全不對勁，難道又是精神系異物搞得鬼？

大哥茫然地喃喃：「書君和我在一起？」

「大哥，書君呢？其他人呢？」

我真開始著急了，發現大哥還活著後，其實我就不再擔心書君，以大哥的護短勁，他只會死在書君之前，絕對不是之後，所以只要大哥還活著，書君肯定整個人都好好的，但現在這個狀況看起來不對啊！

大哥皺著眉頭，問：「書宇，現在是末世第幾年？」

我一怔，說：「末世才四個多月，哪來的幾年，大哥你到底怎麼了？」

「四個月？」他喃喃讓人完全無法理解的話，皺眉說：「原來書宇你不是在一開始就成異物了嗎？可是這也不對，這時的我應該在大洋洲，為什麼你會說書君和我在一起？」

誰、誰成了異物？

在……大洋洲？

我愣然地看著他，突然發現大哥的雙鬢斑白，雖然容貌沒有多少變化，但頭髮卻長了許多，自己被鳥抓走還不到十天，大哥的頭髮不可能有這麼長！

是大哥又不是大哥、有冰異能、人在「大洋洲」，莫非是——冰皇疆書天！

哇靠！這真的有可能嗎——怎麼不可能？

相較於我，不但換了世界，甚至都換了一個身體，從關薇君變成疆書宇，冰皇疆書天還是個原裝貨呢！只是換了世界而已，這狀況比我還簡單易懂啊！我到現在都沒搞清楚自己到底是穿越呢、是轉世呢，還是純粹腦袋有問題。

我震驚不知所措的時候，大哥卻突然跌坐在地，周圍的冰晶群開始崩潰溶解，這倒是件好事，我都快凍僵了，但是少掉冰晶群，這殘破的屋子卻開始搖搖欲墜，當腳下傳來碎裂聲的時候，我感覺非常不妙，不過已經遲了，冰地板徹底粉碎，我倆直接就掉到地下室。

喉嚨和腳都傷了，又接連被冰塊砸中，摔下去的姿勢糟糕到就差沒臉著地而已，我趴在地板上，不知多少冰塊壓在身上，揍大哥的心都有了。

幸好這些冰融得很快，我全身上下都被冰水弄溼，還順便喝了幾口水解渴。

但倒是不冷了，說到底，讓我感覺冷的東西並不是冰塊，而是冰寒能量，而現在大哥外放的冰能量下降很多，或許是看弟弟快成冰雕而收斂住了吧？

推開殘冰，我啞著嗓子問：「大哥？」

他躺在地上不動，我連忙又爬過去，差點想探探鼻息，幸好大哥即時睜開眼睛不嚇弟弟了。

「大哥你沒事吧？」

他搖了搖頭，帶著歉意望著我，說：「書宇，對不起，為了回到過去，我耗費太多能量，有些控制不好。」

回到過去？原來如此，就算是冰皇，這個時期肯定也沒這麼威，他應該是已經在末世活了好幾年，不只換了個世界，時間也倒退了。

他不安的說：「書宇，我來自十年後的世界，不是你現在的大哥。」

不，冰皇大人，你根本走錯世界了，我家大哥已經是補師，十年後也不會變成冰法師啦！

「我找了有時間能力的……異能者，逼他送我回來，只是沒想到過程會這麼難，我耗盡能量才沒被撕扯個粉碎。」

說到這，他看著我，問：「你信我說的嗎？書宇。」

「我信。」我點點頭，說：「大哥你的頭髮沒這麼長。」

他笑了一聲，悲哀的說：「我已經不記得當初是多長了，我甚至不記得原來你長得比我記憶中更好看。」

我眨了眨眼，這話的意思是他已經很久沒見到「疆書宇」了？那麼原本世界的疆書宇到底是怎麼了？等等，大哥剛剛是不是說過「原來書宇你不是在一開始就成異物」這樣的話？

難道，原本世界的疆書宇一開始就成了異物？

我有點震驚，但想一想又覺得理所當然，如果那個世界的疆書宇還是被磁磚砸了，而且沒能醒過來，黑霧來襲後，醒過來的東西已經是異物，那也不奇怪。

大哥突然抓緊我的手，再三保證道：「書宇，不用怕，這一次，大哥一定會保護你們！」

我點點頭，大哥本來就一直在保護我和書君，不過大哥啊，這個世界的你可不在大洋洲，而是在亞洲，哎呀，應該說梅洲，稱呼真是難改。

有兩個大哥這事到底該怎麼辦呢……嗯？等等，多一個大哥似乎是件好事啊？這大哥還是十年後的冰皇！

哇靠，十年後的冰皇出現在末世第一年！我真的震驚了，這、這根本可以直接去征服世界了吧！人類都可以在末世作威作福了吧！

我激動到反握住大哥的手，徹底想通了，大哥這種東西別說兩個，來十個八個更好！

我正想說明一下這個世界的大哥所在地這種問題，讓大哥有個心理準備……這也大哥那也大哥，講得自己都迷糊了，總之就是讓冰皇知道會看見另一個自己，然後帶著他去找其他人，再來就組團去征服世界！

不過未來的事等未來再說，現在周圍的狀況不太妙，融化的冰水正在填滿整個地下室，水已經積到我的腰那麼高，再下去都要變成游泳池了，還是先離開這裡吧。

等等！地下室明明塞滿物資才對，怎麼還能成游泳池？

我這才注意到地下室居然是空的，物資全都不翼而飛，只剩下幾個箱子，不知道是不是空的。

牆上寫著幾行字，但因為牆壁龜裂毀損得嚴重，許多字都不見了。

○宇，我○○找你，○果你自○回來了，○○東方前○○○○會先落腳在洛安市，如果○○找○到你，○○○區的○○塔留下一站的○○。

雖然訊息七零八落，但還是看得出大概意思，幸好關鍵詞都還在，不然我真要哭了，現在的世界可沒辦法打通電話問問你們在哪裡。

原來大哥他們是去找我了，居然連根據地都放棄，直接去找我，在那種狀況之下，我葬身鳥腹的機率高到破表，若不是鳥剛好被斬鳳他們打下來，根本死定了。為了一個十之八九已經被鳥吃掉的弟弟，拋棄安穩的居住地，認定方向就直接一路找過去，這根本是拖著整夥人找死，傭兵團你們要不要這麼盲從老大？好歹勸一下他吧？

我想罵真是一群笨蛋，胸口卻暖到自己都沒辦法說出違心之論。

這輩子就算疆家人所有的衰運都集中在自己身上，我都認下了。

一隻手掌抵在我的胸口上，冰皇這又是怎麼了？我緊張地抬頭一看，他臉上倒是沒有瘋狂神色，卻蒼白得嚇人，一點血色都沒有。

「大哥？」

他一掌將我推飛，用的是柔勁，倒是不痛，我整個人直接被推出地下室這個坑洞，跌坐在地面。

正疑惑的時候，眼前卻出現驚人景象，只見下陷的坑中突然爆出大量的寒氣，這居然是冰異能，強大得連空氣中的水氣都結凍，周圍白霧層層，所有東西都結了霜，活像站在雪山上。

我冷得都感覺不到自己的鼻子，為了不在下一秒掉鼻子或者耳朵，只好拖著傷腿遠離坑洞，反正這異能是冰皇發出來的，應該不至於會傷了他自己。

事實證明遠離事發現場是對的，才走到圍牆邊，狀況就發生了，周圍的白霧開始呈漩渦狀往坑洞聚集，漸漸形成一道冰龍捲風，甚至還朝著天空不斷延伸……

我看傻了眼，不知道發生什麼事，也不知該怎麼辦，更不敢上前去，這能量之恐怖，我站在圍牆邊還是覺得鼻子要掉了，但是卻不想走更遠，若是有突發狀況，我才好上前幫忙……幫冰皇的忙？

呵呵，我一定是把腦袋凍壞了。

站了一陣子，我真的整個人都快凍成冰塊，正想著不行了，必須退開的時候，那道冰龍捲像是被人用吸管吸走，一口氣通通沒入到地下室坑洞中，然後一切歸於平靜，彷彿什麼都沒有發生過，平靜到整個家都夷為平地了。

突然覺得胸口很悶，好好的一個家就這麼沒了，雖然日後是一定要離開的，這個郊區沒有什麼發展性，不可能把根據地設在這裡，但沒想過離別的日子會來得這麼快這麼措手不及，更沒想過家居然連塊瓦都沒留下來，被那道恐怖的冰龍捲能量席捲過後，所有的東西都化成灰。

幸好，沒的只是屋子，人都還在，沒什麼好感傷的。

我一跛一跛的走上前去，現在重要的是看看冰皇的狀況怎麼樣了，他突然發生這種狀況，恐怕不太妙，用肉身強行穿越時空，聽起來就是很要命的事情。

走到坑洞，我先小心翼翼地探察，深怕冰皇一道冰能竄出，自己就成灰了。

沒有狀況發生，我大著膽子朝坑洞看下去，一顆有點圓的冰晶靜靜地立在那裡，冰皇卻不見了。

「大哥？」

喊了一聲，沒有反應，我直接跳了下去。眼前這東西看起來好像是……一顆蛋？

自己臉上的表情一定很古怪，先是以為到家了，可以跟大哥訴苦，然後美美地吃著書君做的飯，結果發現家被冰晶插成蜂窩，嚇得險些魂飛魄散，結果發現根本沒人在家；緊接著以為見到大哥，結果發現是另一個世界的大哥；正想著一個大哥不嫌少，兩個大哥恰恰好，高唱征服世界，結果冰皇立刻出事。

最後，冰皇大哥變成一顆蛋。

人生有沒有這麼峰迴路轉？

戳了戳蛋，有點冰，但沒反應，我不知該怎麼辦，只好開始吃飯，肚子真的餓了，況且正好邊吃邊等看看有沒有狀況發生，畢竟自己根本不知發生什麼事了，最好還是別亂來，畢竟冰皇這種層級的人物，彈彈手指就能要人命，不是做實驗的好對象。

如果真的一直沒反應，那只好找輛車帶蛋上路，想到要帶顆半人高的蛋趕路，頭都疼了！幸好，飯吃到差不多時，蛋就開始搖動了。

我呆呆地看著冰蛋出現裂痕，後知後覺地想著自己是不是該出去，要是冰龍捲風又出現的話……哇靠！還不快走啊！

正想衝出坑洞的時候，蛋殼直接爆掉了，我立刻連跳帶攀，衝出坑洞，連旁邊的背包都不敢伸手拿一下，就怕一個耽擱，我的下場就跟這間屋子一樣，只剩下一堆灰。

我再次衝到圍牆邊，等待著爆炸或者龍捲風或者地震，戰戰兢兢十分鐘後，什麼都沒等到，又擔心冰皇的狀況，忍不住跑回去查看。

低頭朝坑洞裡一看，冰蛋已經不見，剩下滿地的冰屑，但那都不是重點，底下有一個人正抬頭看著我。

我傻眼了，他、他……

「媽媽？」清脆的孩子嗓音。

……是弟弟才對。

我看著他，他也抬頭看著我，眼睛瞪得大大的，讓我突然生出罪惡感，把一個三歲孩子自個放在坑裡面，這絕對是虐待兒童。

但他真的是兒童嗎？

我跳下坑洞，一時不敢去動這個孩子，只是距離兩步遠打量，只見這孩子身上罩著太大的衣服，整個人都陷在衣服堆裡，根本沒辦法動彈，而這衣服堆正是冰皇穿的衣服。

再加上這長相根本就是縮小Ｑ化版的大哥，我想自欺欺人都欺不了。

「你、你還記得什麼？」我小心翼翼的問，就算這孩子挺可愛，也還是堂堂冰皇，捏捏臉頰揉揉腦袋瓜什麼的，快克制住自己的手！

小小的冰皇一臉不解地看著我，理所當然地說：「記得媽媽妳啊。」

最好我是你媽！連性別都錯了啊！你根本什麼都不記得了吧！

未來的大哥變成一顆蛋再變成三歲小孩，這變化過程簡直不科學！更不科學的是這孩子現在的冰能量似乎比我還低。

人類可以作威作福的末世怎麼好像又一去不復返了？冰皇，說好的要保護我和書君呢？

我臉都黑了，帶著點期望的問：「你總該記得自己的名字吧？」

小孩低下頭像是在思考，讓我覺得人類有望時，他抬起頭反問：「媽媽，我叫什麼名字？」

「叫我弟弟，不對，叫我哥哥！」想到一個三歲小孩叫我弟弟，那感覺簡直超讓人無言，但被叫媽更無言！相較之下，哥哥這稱呼好多了。

小孩歪了歪頭，似乎不太明白，只是不屈不撓的問：「媽媽，我的名字。」

「你的名字就叫疆書……」我皺了下眉頭，覺得直接用疆書天這個名字不好，太容易混淆了，之後要是找到正牌大哥，兩個同名的人又該怎麼稱呼？所以臨時改口：「你是疆小天！」

「知道了，我是疆小天。」小天露出笑容點了點頭，粉粉嫩嫩的臉蛋讓人超想捏一把！

原來就算是大哥那麼威武的人，三歲的時候仍舊是個可愛粉嫩的娃兒，真讓人想不到過幾年居然會長成雄壯威武的大哥，這簡直太不可思議了。

我忍不住朝小天那個粉嘟嘟的臉頰一捏——真的捏到了啦！大哥的臉頰啊！冰皇疆書天的臉頰啊啊！

「媽媽，我肚子餓了。」

孩子抬頭仰望，突然讓我有種罪惡感，自己居然讓兒子餓肚子，真是個不及格的母親——等等，我沒生兒子啊！再等等，我現在是男的，而且才十八！

這孩子怎麼就是要叫我媽呢？莫非因為他是從蛋裡出來的，有雛鳥情結嗎？

「媽媽，我好餓！」疆小天委屈地用頭撞了撞我的腰，這也是他唯一做得出來的動作，整隻孩子都被衣服捆住不能動彈。

算了，不過就是個稱呼，還是先讓孩子脫困，給他吃點東西比較實際。

把孩子從衣服堆中抓出來，只留下背心讓他當連身洋裝穿，我開始弄吃食給他。

吃完肉乾、脆餅和飲料，小天抹了抹嘴，說：「媽媽，我還是餓。」

我再遞上餅乾，小天卻搖了搖頭：「不要吃這個。」

「這年頭，你就別點餐了吧！」我沒好氣地說：「對不起呀，我真的找不到麥當勞讓你吃垃圾食物。」

小天看著我的腰間，那裡掛著扁酒壺，用來裝進化結晶的酒壺。

我有種預感，這孩子恐怕不好養。

默默取出一顆結晶來，小天張嘴就吃掉了，再來竟直接伸手拿過酒壺，然後嘩啦啦往嘴裡倒。

你當這是巧克力球呢！我心疼得都要吐血了，正想把孩子抓過來痛揍一頓屁股，但一抬頭就看見他吃得狼吞虎嚥，突然間就想到冰皇之前說過的話，「穿越時空的時候耗盡能量才沒被撕扯粉碎」，我沉默了。

連這種不到一階的結晶都不放過，還莫名其妙變成個失憶的小孩，想也知道這變化絕對不是變強。冰皇的能量到底下降到什麼程度了？

靜靜看著小天把結晶都吃光，我問道：「小天，吃飽了嗎？」

疆小天摸了摸肚子，看起來有點迷惑，隨後搖了搖頭。

「沒關係，我再去打結晶給你吃。」

說完，我皺了皺眉頭，這種沒階的結晶對自己都只剩下療傷效果，對冰皇來說，搞不好和巧克力球差不了多少，但就算是一階結晶，效果恐怕也沒好到哪裡去。

但不管如何，我得想辦法餵飽這個小小的大哥才行。

想救弟妹想到連回到過去這麼不可靠的方法都出來了，大哥這執念真是讓人只能嘆息。

我抱起疆小天，就算這小子變不回冰皇，那當成弟弟養也沒關係，從三兄妹變成四兄弟妹也沒什麼不好。

小天高興地窩在我懷中扭動，嘴裡還「媽媽、媽媽」的喊不停，讓我一顆頭兩個大，你說你叫我爸也就算了，叫我媽到底是怎麼回事？大哥你小時候真是這麼瞎的嗎？

「叫我哥哥！」

小天不解地看著我，我退而求其次，「至少叫我爸爸。」

「媽媽，妳肚子餓了嗎？」疆小天認真的說：「妳和爸爸長得又不像，我小天不會認錯的。」

你就是認錯……等等，我好像真是長得像媽媽？記得看過的全家福照片，大哥和父親簡直是一個模子出來的，我和書君都長得很像母親，就只有挺直的鼻梁像爸爸。

原來如此，三歲的疆小天沒有弟妹的概念，那時書宇和書君還不知靈魂在哪遊蕩，當然就是爸爸和媽媽，我又長得像媽媽，所以理所當然就成媽了。

算了，跟三歲小孩爭辯有意義嗎？頂多等找到大哥和書君後，再把媽媽的名號丟給書君吧，她一定比我更像母親。

抱起疆小天，我想著大哥他們留下的訊息。

朝東，洛安市。

第八章

小鎮故事多

開著車，我轉頭看了下副駕駛座，一個三歲的娃繫著安全帶，頭歪倒在一邊正睡著覺，嘴微微嘟著，模樣超可愛，真難想像這是大哥，還是成為冰皇的大哥呢！

好了，就算內裡是個三十五歲沒生過的女人，也別老是盯著孩子看，現在最重要的事情是找份地圖，不是玩小孩！

靳鳳給我的地圖是中官市和近郊的地圖，現在我需要的是更多區域的圖，不然僅僅知道朝東方走，要開到洛安市，這就能找到路，我都要懷疑自己的名字其實是GPS。

我猜原本大哥應該有留地圖下來，地下室不是全空的，有幾個箱子放在那裡，應該是留給我的物資，可惜在冰龍捲的肆虐之下，屋子都不見了，更何況是幾個箱子，根本連灰都沒有剩下。

現在的當務之急是找到地圖和食物，我又看了小天一眼，還得打結晶餵孩子。

我已經開到手中地圖的邊緣，再也看不見該往哪去，現在只能朝東方前進，但這太不保險，加上天色也晚了，還是先找個落腳處再說。

沒多久就看見路牌標著前方有個「甫里鎮」，略一思考，我就決定過去看看，小鎮算是不錯的落腳地，沒有市區那麼危險，但一定有異物可以打結晶，此外也會有些物資和我想要的地圖。

突然間，前方有道黑影衝出來，我皺了下眉頭，已看清那是個女人，還抱著孩子。

方向盤一扭，我硬是撞開另一邊車道的廢棄車輛，然後繞開而行，隨後瞄了後照鏡一眼。

那個女人在後方怒得跳腳，大罵特罵，隔了老遠都能聽見，但隨後有幾個人衝出來打了她一巴掌，怒視我的方向。

哼，當我是白癡呢！那個距離算得那麼好，正好足夠讓人看清楚那是女人和孩子，來得及剎車，不會真的撞上去，這如果沒有一夥人在旁邊等著我停車就來搶劫，我就不叫疆書宇！

「媽媽？」

我轉頭朝副駕駛座看去，疆小天正揉著眼睛，滿臉疑惑，看來剛才突然扭轉方向盤的動作嚇醒他了，卻沒哭也沒露出害怕的表情，看來就算失憶加縮水，冰皇也不是真的成為一般小孩，這倒是好多了，帶著三歲孩子闖末世可不是說著玩的，孩子一哭就慘了，而末世最多的就是能嚇哭孩子的東西。

「快要可以下車了，你餓了嗎？」

疆小天遲疑了一下，看向扁酒壺，說：「餓了。」

應該是一直都餓著吧？我汗顏，完全沒有把握可以餵飽這孩子，現在才末世開頭，一階結晶都得拿命去打，但一階說不定也只能給小天塞牙縫。

「等等就去找東西給你吃。」

又開了一會兒，就看見「歡迎來到甫里鎮」的牌子，小鎮到了。

我隨意把車子在路邊一停，鑰匙不拔車門不鎖，帶上背包，抱出疆小天就直接閃人。

這車本來就是隨便找來的，這個世界不缺車子，缺的是汽油，這輛車已經快沒油了，沒有價值，更何況鎮裡的馬路上全是車，根本開不進去，等到要離開的時候，再找一輛停在鎮外圍的汽車開走就是了。

這小鎮的建築挺古色古香，樓層數都不高，只遠遠看見有十來座較高的大樓，那應該是鎮中心。

路邊有許多收起來的小攤車，八成是個觀光勝地，老街什麼的，以前我也挺愛逛這些景點，真是懷念，可惜沒穿回更早以前的時間，不然就可以回顧末世之前的時光了。

末世前三天穿回來，還搞到第二天才確定末世會到來，差點都快來不及準備物資，哪有時間回顧周遭，就算當時有去百貨超市買物資，但滿腦子都是末世要再度降臨，自己要不要乾脆去死一死的念頭，根本沒有心情去懷念末世前的日子。

沿路仔細觀察痕跡，大哥他們和我是一個方向來的，如果他們有進來，一定也是從這條路。

可惜沒找到什麼有用的線索，這條路被車子堵住，沒有移開的跡象，不少車窗被敲破，後車箱被撬開，但看起來都是有段時間以前的事情。

耳邊突然傳來一些細碎的聲音，我轉身一看，街邊的排水溝上有兩隻老鼠在啃食東西，細長型的白色物體，或許是骨頭？

車裡車外都有一些屍體，空氣中瀰漫著腐敗的味道，不太好聞，幸好味道不濃，這年頭的屍體可是很搶手的，人屍會被吃得剩骨頭，有些異物甚至連骨頭都能吃下去，就算是異物的屍體，餓著肚子的異物也樂意吃掉。

腐臭的來源多半是血，還有粘著點碎肉韌筋的骨架。

我看了懷中的小天一眼，他果然不怕，彷彿眼前的景象只是一般街景。對於在末世生活過十年的人來說，這還真是一般街景，雖然後期有聚集地的城鎮已經不是這模樣了，但還是有很多地方始終保持荒涼。

人口爆炸的問題在末世徹底解決了，那地廣人稀的程度，喜歡圈個百畝荒地去種田也沒人理你，只要不怕稻子長出來後，可能不見得是你吃稻子，說不定是稻子吃你。

高房價也解決了，一年三百六十五天，天天換屋子住都沒問題，但每個時代有他「高價」的地段，大型聚集地的中心，那房價也是要人命的——得拿大堆結晶去換，是真的會「要人命」的事。

我看見那兩隻老鼠的時候，那兩隻鼠也停下吃食的動作看了過來，雖然他們大小宛如小型貴賓狗，但肢體沒有太多異變的地方，並不是異物，而動植物因為天性使然，末世前兩年，他們不太會主動攻擊人類，除非是野生的大型猛獸。

我默默地走開，雖然老鼠可以吃，但現在這時候，自己還不想吃那種東西。

走在騎樓下，許多房子的門窗都被破壞了，我挑了間屋子走進去，放下小天，凝結出一把冰小刀握在手中戒備，在一樓繞了一圈，卻什麼也沒發現，運氣不好，找下一間去。

「小天，來。」我牽起疆小天的手，發現他目不轉睛地看著冰小刀，於是我順手就把刀子遞給他。

疆小天開心地接過冰小刀，結果下一秒就把自己的手指割破，我簡直傻眼了，冰皇玩冰刀還割傷？

「小孩子別玩刀。」

我連忙收回小刀，但疆小天立刻一臉快哭出來，盯著刀子不放，見狀，我都想跟著哭了。冰皇啊冰皇，您可是我崇拜的偶像、這輩子看齊的目標，現在這樣叫粉絲該怎麼膜拜您啊？

從背包拿出繃帶處理小天的手指，但一抹去血跡，卻完全找不到傷口，我沉默了一下，只好又把繃帶放回去，一個轉頭回來，孩子還真的哭了，沒有哭聲，只有眼淚滴滴答答的落下，看得我心都疼了。

連忙化出一根小冰錘遞給疆小天，孩子玩這個就好，真有異物撲上來，還可以用來敲腦袋，多麼萬能！

疆小天拿著小冰錘，立刻就樂了，眼淚還掛在臉頰，笑容卻已經滿面。

我揉了揉他的頭，牽著小手，繼續往下一間屋子前進，結果不知該說幸還不幸，連續找了七、八間屋子，食物倒是找到不少，但異物卻是一個都沒有。

我思索了一下，末世剛開頭會出現這種狀況，不外乎這附近有特別強大的存在，讓其他人都不敢靠近。

會是一階異物嗎？如果是就好了，小天正需要一階異物的結晶。

之前的日子接連打倒幾隻一階異物後，我相信自己應該是有辦法應付一階，最不濟也逃得了，所以現在倒是不怕碰上，更怕小天餓肚子餓久會出問題。

又找了五、六間屋子，還是沒找到異物，倒是尋到不少物資，背包都放不下，只好又提了一個大袋子，裡面裝滿泡麵、罐頭與飲品，還給小天找了幾套衣服和鞋子。

最後實在捨不得放下一堆罐頭，只好壓榨童工，讓疆小天也幫忙揹一點東西，當然，他揹泡麵我揹罐頭。

雖然好似找到不少東西，但這是找了十幾間屋子才有的，而且都是在不容易注意的角落找出來，看來這些屋子是被搜括過的，只是末世剛開始，物資還沒有那麼難找，人們搜尋得不夠仔細而已。

難道這裡有個強大的團體清光這裡的異物，接著搜括完東西也走了，所以才造成這邊什麼都沒有的狀況嗎？

這倒是有可能的事情，想想自家附近不也是這種人和異物皆無，物資也被搜括一空的狀況？

想清楚後，我決定不再走了，天色已經全黑，不如先睡個覺，天一亮就進鎮中心晃一圈，真找不到異物，那就只好趕去下一個地方打結晶餵小天。

找了間相對乾淨的屋子，還幸運地找到一個瓦斯爐，將能加熱的食物熱一熱，美美地吃了頓熱食。

疆小天是吃了，但他好幾次看向扁酒壺，光是食物似乎沒辦法滿足他。

「小天，你能先忍著嗎？很難受嗎？」我有點擔憂冰皇的能量到底能不能繼續撐下去，會不會真的「餓死」呢？

疆小天懸淚欲泣，但還是忍著不哭，點頭說：「好餓。」

聞言，我果斷放棄睡覺的計畫，反正現在的身體強健得很，一晚上不睡也不算什麼。

「那不睡覺了，我們去打結晶。」

疆小天揉了揉眼睛，咕噥：「可是小天想睡覺。」

這可難辦了。想了半天，我帶著他到外面搜了一圈，幸運在某一戶的車庫中找到一輛重機車，車尾兩側有著堅固的皮革包，正好可以放物資，再把小天用涼被一包後綁在胸前。

太幸運了，重機車的機動性可比車輛好得多，居然沒被人搜括走，或許搜括的那群人是個大團體，看不上一輛機車吧？

更何況，這種異物滿地跑的情況，絕大多數人還是寧願開車，起碼有層鐵皮可以擋異物，正好便宜了我這個巴不得異物快撲上來的人，我家小天肚子餓呢！

「小天你先睡個覺。」

叮嚀完，孩子幾乎閉上眼睛就睡著了，到底是累的，還是餓的？我更擔憂了，騎著這輛重機車，直直地朝鎮中心前進。

這小鎮並不大，沒騎多久，我就很接近大樓所在地了，但仍舊沒有找到異物，如果真是大團體做的事，恐怕他們離這附近沒多遠。

我皺了下眉頭，還得趕上大哥他們，實在不想和其他人有牽扯，若不是小天餓了，我一找完食物就想繼續追上去。

繞過一條街，我偶然抬頭一看，立刻緊急煞車，呆呆地看著遠處的景物。

參天大樹。

足有十層樓高，放在深山老林或許還不那麼奇怪，但這是座小鎮，怎麼也不可能養出這麼大棵樹，若不是這棵樹枝葉少，又正巧位於大樓群裡，被遮掩大半，否則老遠就會被發現了。

原來如此，難怪這裡沒有異物，根本都是被這棵樹吃了吧？

既然我都走到這裡還沒被攻擊，這棵樹多半沒有異變，這也解釋為什麼這個小鎮沒有異物也沒有人，異物都成了食物，而人就算覺得這個小鎮不錯，看見這棵大樹也會嚇到逃走。

「啊，榕樹！」

懷中的小天突然發出叫聲，我這才發現他醒了，正盯著樹看。是榕樹嗎？我不太熟悉樹種，而且這棵樹的枝葉很少，並不好判斷。

看來這小鎮不會有異物了，得連夜趕去其他地方試試。我認命地正想掉頭離開，疆小天卻開始不安分。

「不要走，睡覺！」

我笑著說：「小天可以睡啊，我騎車用不著小天。」

疆小天在我懷中拚命搖頭，再次強調：「在這裡睡覺，在床床睡覺。」

被個小腦袋瓜在懷裡蹭來蹭去，我三十五歲熟女的心都要融化了，哪還有不答應的，找個位置一停車，像剛從賣場回來的家庭主婦一樣提著大包小包，懷中還有個孩子，找間乾淨的屋子，踹開門……喔，居然有具屍體躺在客廳，換一間。

等我找到屋子，整理出乾淨的床鋪，小天早就呼呼大睡了，小心翼翼不吵醒他，將孩子放到床上後，我坐在房間的躺椅上計算物資，這些食物夠我和小天吃上一週了，飲水倒是沒有多拿，畢竟我自己就能化冰出來，多是拿一些有熱量的飲料。

倒是最近天氣漸漸在變冷，放在以前，秋老虎可是熱到會咬人的，但現在秋天卻已經開始很涼爽，尤其是晚上和清晨，體質弱一點的人都得穿外套了。

看看小天的衣服，感覺不太夠，如果是冰皇，大冬天裸奔都沒問題，但換成縮水的冰皇，那可就一點把握都沒有了，備妥保暖衣物才是真理。

我走到隔壁的兒童房間，剛才探查整幢屋子的時候就注意到了，這裡是三代同堂，一對夫婦兩個小孩，爺爺奶奶不知是否雙雙健在，但至少滿牆面的相框都有兩位老人家，看得出這家人感情很好。

兒童房的房門是毀損的，整扇門被破壞得七零八落，房間地板上滿是血，還有一道明顯的血跡拖痕，從賽車型的小床鋪，一路延伸到房門口。

另一張床則是有著漂亮雕花的白色小床，此時卻幾乎整個變成黑紅色。

至少有兩個異物，異變的類型多半不同，才不願意待在同一個房間進食，一個直接在床上吃了女孩，另一個則把男孩拖出去。

不知道是父母，還是祖父母？

說也奇怪，孩童幾乎不會在黑霧中變成異物，若是異變，多半是因為死亡，但末世剛開頭，每個異物都很飢餓，抓到人就啃得骨頭都不剩，也沒有多少孩子能變成異物。

這真是讓人又是心傷又是鬆口氣，傷感於孩子的遭遇，放鬆於不用面對孩子們變成的異物，光想想那場面就覺得心涼眼酸。

在這個壓抑的兒童房中，我匆匆找到外套和厚褲子，然後回到主臥室去。躺上床，抱著疆小天，多麼慶幸自己還有個娃可以抱著睡覺，之後找到大哥和小妹，四兄弟妹在一起過活，簡直不能更幸福了！

太幸福的結果就是隔天我睡遲了，急急忙忙梳洗完就衝去廚房做早午餐。端著兩個裝滿滿的大盤子回到房間，小天已經醒了，坐在床上，有些迷惘，似乎還有點慌亂。

「吃飯囉！」

孩子猛然一震，抬起頭來，這時才注意到我，眼睛微微睜大，然後貪婪地盯著我不放。

真不愧是大哥，眼神總是這麼有戲。

「疆小天，你把眼睛瞪那麼大幹嘛？」我走上前去，把盤子放在床邊，說：「去刷牙洗臉，然後過來吃飯。」

孩子嘴角一勾，似笑非笑的說：「疆、小、天？」

……

我硬著頭皮問：「大哥，你恢復記憶啦？」

「嗯。」疆小天一揚眉，站在床上，渾身都是王霸之氣，可惜外表是個三歲娃，沒辦法讓人不由自主的臣服，只是從可愛的小娃兒變成欠揍的熊孩子。

「那……」我左思右想，還是說：「大哥你先去刷牙洗臉吧，不然飯就冷了。」

小冰皇點了點頭，連王霸之氣都沒了，變成一個乖孩子走進浴室去。

雖然軟綿綿的孩子沒了，讓人有點失落，但冰皇能夠恢復記憶絕對是件好事，而且是對全人類大大的好事啊！想要軟綿綿的孩子以後生一個就是，冰皇可是錯過就沒有啦！

「那個、咳咳，書宇，我搆不到洗臉台。」

「……」

說好的狂霸酷炫跩呢？說好的帶著人類奔向幸福的末世呢？我們家的冰皇連刷牙都搆不到洗臉台，到底該怎麼辦？

努力克制表情不要太哭喪，我找了張小凳子給冰皇墊腳，隨後在他尷尬的小臉注視下，我自動自發走出浴室，不留在那裡看冰皇大人拿兒童牙刷在刷牙。

小冰皇從浴室走出來，一眼看過來就直盯著我不放，好像看著我就能吃飽穿暖似的，但突然間，他皺了下眉頭，突然慌亂起來，直喊：「書宇，書君呢？」

我連忙說：「書君跟大哥在一起，還有叔叔嬸嬸和傭兵團，大家都在呢！只有我脫了隊，正要去追他們。」

小冰皇一怔……這麼叫真是古怪，不管了，我還是叫他疆小天，等他哪天變回原來的大小，再來拿回冰皇的名號吧！現在這可愛得要死的模樣，配上霸氣的冰皇之名，簡直神嘲諷，每叫一次都想哭。

疆小天皺眉說：「書君沒跟我在一起。」

「是跟過去的你在一起。」我連忙說：「大哥你別忘了自己穿越時空啦，現在這世界有兩個大哥呢。」

「但我這時候不在你們身邊。」他迷惑地說完這句，臉色沉了下去，「末世來臨，大哥卻不在你們身邊，我……」

我打斷他的話，說：「大哥，你確實跟我們在一起，在末世來臨前，我做了預知夢，跟你示警，然後……」

我說出因為做了預知夢，所以知道末世將到來，讓他提早回來，所以現在一切都變了。

疆小天既震驚又迷惑，皺眉說：「如果過去改變了，那怎麼還會有我回到過去的事情？這說不通。」

大哥你邏輯真好，雖然想說出平行世界的事，但預知夢好像不該知道平行世界這檔子事……

好吧，說實話，我就是不敢把關薇君的事情告訴這一個大哥。

「脖子還疼嗎？」疆小天突然這麼問，我這才發現自己不知不覺中把手放到脖子上了。

他面露愧疚，似乎不知該怎麼辦，低頭看著自己的小爪子，似乎想剁下來。

我特意發出慘叫：「疼，疼死了！大哥你可要好好補償我，不然絕對不原諒你！我說，不如就教我怎麼用冰異能吧？」

疆小天嚴肅地點了點頭，十分認真的說：「當然，沒想到書宇你也是冰異能，我有很多經驗可以教給你。」

聽到這話，簡直都要樂傻了，我的老師是冰皇！能不能更幸運一點？我突然覺得末世的日子真是好幸福怎麼辦？這麼快樂會不會被人揍啊？

「等和過去的我會合後，他更要把冰異能練好，你們都必須強大起來，保護好書君和叔叔嬸嬸！」

「呃，大哥，其實另一個你沒有冰異能，因為發生的事情變了，好像異能也受到影響。」

疆小天愣了一下，點點頭表示理解，問：「改成什麼了？」

「治療。」

聽到這答案，疆小天的小眉頭皺得能夾死蒼蠅，好半天才擠出話來，「書宇，恐怕你的責任更重了。」

「不會啦，書君的雷電異能也很強，出神入化呢！」

疆小天愕然地看著我，難以置信的問：「雷電？書君？」

看著三歲孩子露出傻愣的表情，簡直超可愛啊！我忍不住想逗逗疆小天，一把握住他的小爪子，說：「大哥，別擔心，我和書君一直都在保護你，你只要待在後方補補血就可以了，其他的事有弟弟妹妹在，誰都沒有辦法越過我們傷害到你！」

疆小天的表情複雜得無以形容。

第九章

疆小容

走出屋子，我把一堆物資放到機車上，一個回頭就看見那張擺著失落表情老半天的小臉蛋，正一臉嚴肅地看著我。

「書宇，你在騙我，是嗎？」

不等我回答，他自顧自地分析：「就算是治療異能，我也不可能是個受保護的人，你說現在是末世第四個月，槍械還很有用，即使手頭沒槍，我就算持刀也能戰鬥。」

我笑了出來，哈哈笑著說：「當然，大哥你還真信啊？放心好了，就算大哥你的異能是治療，還是威得不得了，我好幾次都懷疑你的能力到底是不是治療呢。」

他目不轉睛的看著我，淡淡一笑，說：「我都忘記書宇你是這種個性了，只記得你很好很顧家。」

我的笑容突然僵住，你是懷疑或只是懷念啊？說清楚啊，大哥，我緊張了啦！

但緊張歸緊張，這時早就不像剛開頭那樣寧可被掐死，我想和大哥小妹叔叔嬸嬸一起在末世活下去，我就是疆書宇！

「書君還好嗎？能不能習慣末世？」

我點頭說：「大家都過得挺好的，如果不是出了點意外，我們應該還住在家裡，滿地下室都是物資，帶著槍械到處打異物吃結晶練異能。」

疆小天殷殷教誨道：「離開也沒什麼不好，書宇，你要記住絕對不能過得太安逸，那只會讓你變弱，既然另一個我的異能是治療，那麼你就必須擔負起保護整個家的責任。」

聽到這話，我突然覺得有些怪，雖然也贊同自己要變強，不過聽到大哥要我擔負保護家人的責任，這感覺就不對了，要知道，大哥就算異能是治療，也照樣扛起保護家裡的責任，還叫我去談戀愛呢！

而面前這一位可是堂堂的冰皇，有他在，我不論為被保護的沒用小白臉就不錯了，還要扛起保護整個家的責任？這不像大哥會說的話……除非他已經沒有辦法保護我了。

「大哥，你還會變回成人的樣子嗎？」

疆小天點頭說：「如果有足夠的結晶。」

我沉默了，聽出這話額外的意思，沒有足夠的結晶，他就沒有辦法變回來，而末世才剛開始，根本不可能出現足夠讓冰皇療傷的結晶吧！他可是傷得都返老還童了，這得什麼階的結晶才有用？

「需要什麼階級的結晶？」

疆小天搖了搖頭，卻沒有回答了，也是，反正都是辦不到的事情，多說無益，我還是趕快變強，不然未來怎麼打異物救冰皇呢！想到自己居然能夠救冰皇，血液都沸騰了啊！

能夠拯救偶像的滋味真是太美妙了。我喜孜孜的說：「大哥，你餓了吧？等離開這座小鎮，我就去打結晶給你吃。」

疆小天卻搖頭說：「不用了，低階的結晶對我沒有用，你自己先吃，現在重要的是你要越來越強。」

我遲疑了一下，點了點頭，雖然沒階的結晶對自己也沒用，但是對傭兵團的其他人還有用，不如留給他們吃。

「你剛才說要離開這座小鎮再打結晶，為什麼？這座小鎮被你清空了嗎？」

怎麼可能！那我還不立刻踏上征服世界之旅，還在小鎮觀光旅行幹嘛？

「不是我，可能是那棵樹把異物吃光了。」

我比著遠方大樓之間的巨樹。

疆小天看過去，眼神突然一亮，「那棵樹快死了，可能是發展的方向錯誤，撐不下去了。」

會這樣嗎？我不解地看著疆小天。

「植物很容易有這狀況，他們會朝著某個方向進化，卻不知道節制，發展過度就導致死亡。這棵樹可能是以前被高樓的陰影擋住，一直發育不良，黑霧過後才會拚命發展高度。」

疆小天似乎對那棵樹很感興趣，他難得不把視線放在我身上，一直打量著樹。

「我們過去看看，也許可以找到一些有用的東西。」

我沒什麼異議，冰皇絕對比自己了解末世一萬倍，聽人家的準沒錯。

騎上重機車，我緩緩地騎過去，倒不是重機的性能不好，而是越往鎮中心，馬路上的廢棄車就越多，人行道也充滿各種障礙物，實在沒辦法騎快。

突然間，我眼神一亮，停住機車。

「怎麼了？」疆小天的語氣有些警戒。

「這裡有間書局，我要去找份地圖，大哥說他們要前往洛安市，我不知道要往哪走。」

「洛安市？沒有聽過。」疆小天的語氣有點疑惑，「是小城市嗎？」

「不知道。」我老實說，自己這個外來的異世界居民真的對地名不熟。

疆小天點了點頭，「你去吧，我在這裡看著物資。」

聞言，我就自己走進書局，這裡頗整齊，想來大概沒人想搜書局，輕而易舉就找到地圖，還順手帶了筆和筆記本。

先稍微翻了下地圖，洛安市不是個小城市，與中官市差不多大小，屬於中型城市，梅洲最大的城市有三座，倒是跟之前那個世界的數目一樣，只是位置有點偏差，雖然同樣都可以說位於北中南。

據我上輩子所知，這三座城市絕對不是人類的地盤，根本是三座大型冒險區域，很容易發財，但更容易有去無回。

但目前那都不重要，重點是洛安市，距離大概有四百公里，說遠不遠的，這大概也是大哥選這座城市落腳的原因。

收起地圖，回頭找疆小天去。

「洛安市遠嗎？」一個小小人兒坐在重機車上，真是有說不出的違和感，卻又可愛得不得了！好想親親揉揉啊，可惜小天恢復記憶了，我實在不敢伸出手。

「大概四百公里。」

疆小天點了點頭說：「看完樹就趕過去，沒看見書君，我不放心。」

「還有叔叔嬸嬸和你的傭兵團。」我提醒了他，這大哥對我和書君的執念太深，都看不見其他人了。

「叔叔和嬸嬸嗎？」他立刻雙眼一亮，連忙問：「傭兵團有誰在？」

我跨上機車，再度朝樹前進，邊騎邊細數給他聽，「鄭行、雲茜、小殺、百合……」

騎過兩條街後，就看見樹根所在的地方，越近看越是震撼，也驗證疆小天說的話沒錯，這棵樹本就沒多少枝葉，近看更能看出樹皮的乾枯，確實是快死了。

「百合嗎？」

後方傳來一陣孩子的低喃。

「百合怎麼了？」我剛唸那麼多名字，怎麼就注意到百合？

後方沉默了一陣後，傳來一句：「她是陪我到最後的人。」

哇靠，聽起來怎麼就這麼有八卦可以挖的感覺？莫非百合就是我們家大嫂？我嘿嘿笑了兩聲，問：「該不會我要叫百合大嫂吧？」

疆小天一怔，說：「不是，我那時只想衝回家找你和書君，其他什麼都沒想，那時跟我走的傭兵團成員很多，比你剛剛說的人多了不少，但一路上……」

後方又沉默了。

我終於明白「陪到最後」是什麼意思，或許是走了，或許是死了，但如果是走了，疆小天應該不會是這種反應，我相信自家大哥會尊重傭兵們的選擇，不會因此有所不滿，大多數人可能都死了吧？

不敢再問下去，想都知道是慘事一籮筐，怎麼問怎麼踩雷，不如快轉移話題。

「大哥，樹到了。」

我停好車，疆小天自已跳下機車，直接朝著樹走過去。

這樹起碼有十人抱，整個超級巨大，待在他的根部抬頭仰望更是驚人。

疆小天跳到樹根上，一路走上去，然後到處摸著樹身。

我好奇的問：「大哥你在找什麼？」

「植物有種特殊性，有時候會沒死絕。書宇，你帶我爬上去。」疆小天食指朝天指著某個方向，「往那邊爬。」

「可以用冰異能嗎？」我觀察了一下，這樹的枝幹不多，很多都離得太遠，沒有可以落腳的地方。

「嗯。」

那就沒什麼問題了，我脫下鞋襪，抱起小天，在腳底凝出薄冰層，一跳一躍的上樹，雖然隔著鞋子也是可以的，就像我可以憑空弄出冰小刀來，不需要有接觸，但總的來說，直接從皮膚凝結出冰還是來得又快又容易多了。

「停在這裡。」

如言照做，這裡的高度大約在樹的一半，但這裡看起來和其他枝幹沒什麼不同，正想開口問的時候，卻看見疆小天看著我的腳。

「以後不要穿靴子或運動鞋，鞋子只會妨礙你，若是有異物偷襲，難道你還要先脫鞋襪嗎？」

呃，現在的我不敢把溜冰這能力用在戰鬥中，倒是還沒想到這個問題。

「大哥你平時都不穿鞋嗎？」

難道堂堂冰皇統帥團隊的時候都打著赤腳嗎？這畫面稍微不太對啊！

大約我的表情太古怪，疆小天沒好氣的說：「我穿，但你現在不准穿，要習慣平常就把冰異能用在行走中。」

「完全用滑的嗎？」我覺得有些為難，滑行畢竟還是有辦不到的事情，而且也很耗費能量。

「滑行、凝結冰塊當落腳點、用薄冰層緩衝下落的速度等等，以後等你的能量更強大，就算直接從高樓跳下去也不會受傷，到那時，這世界就沒有你到不了的地方。」

我崇拜地看著疆小天，從偷師變成正式學生的感覺真好，不用自己在那邊想破頭，搞不懂到底還能怎麼運用冰異能。

「書宇，你有很多要學的東西。」疆小天認真地看著我，說：「我會非常嚴格，你要有心理準備，再苦再累，我都不准你放棄。」

我立刻對大哥發誓：「大哥你放心吧，再苦再累，我都不會放棄！」

「我信你。」疆小天點頭說：「末世才四個月，你能練到這個程度，可見是下了一番苦功，但這還不夠，如果你想成為頂尖強者，這還遠遠不夠。」

我看著疆小天，不是想自誇，但自己練成到一階也是好幾次死裡逃生的成果，當初大哥到底是吃了多少苦，才能夠成為冰皇？而我又能辦得到嗎？

疆小天似乎看出我的徬徨，他眉頭一皺，孩童的嗓音竟也能如此威嚴，彷彿宣告般說：「疆書宇，你將成為新的冰皇！」

我心中一震，立刻回應：「是！」

兄弟兩人發完雄心壯志，疆小天伸出兩隻小爪子，說：「抱起我。」

違和感什麼的，我都無視了，羞恥心什麼的，相信疆小天也無視了，弟弟直接抱起小大哥來，疆小天指著某根枝條，我這才注意到上頭有個小嫩芽，淺綠的兩片小嫩葉加上纖細的枝幹，只有手指長，十分小巧粉嫩，倒是挺讓人喜歡的。

疆小天看著這根嫩芽，思索著什麼。

不知是不是我的錯覺，總覺得這嫩芽在疆小天的注視之下，似乎正在微微顫抖，呃，不是錯覺，連兩片葉子都縮起來了，你當自己是含羞草嗎？小天明明說你是榕樹，別裝草了！

「真不愧是大哥，連樹都知道要怕你。」

疆小天古怪地看了我一眼，「他怕的不是我，是你。」

怕我？我一怔，實在不覺得自己會讓一棵參天大樹怕得發抖。

「你的能量在當今這時期是很不錯的，至少霸佔一個小鎮沒有問題，如果這棵樹沒有把能量浪費掉，倒也不會輸給你，但他偏挑錯進化方向，將吃下的進化結晶都付諸流水，現在比剛出生的異物強不到哪去，自然怕你了。」

懂了，這棵小樹現在嫩得根本發覺不出大哥這隻大魔王有多威，只看得出我這個小 BOSS 的深淺，所以怕我不怕大哥，真是有眼無珠，呃，好像連眼都沒有。

「書宇，你弄個花盆來種他，雖然這棵樹蠢到把能量都用來發展高度，但能在這時候長得這麼大也不容易，說不定有什麼特殊之處，當作潛力股養吧，偶爾丟點多餘的結晶餵他就好。」

真不愧是我的大哥，這想法和我看著沈千茹的時候一模一樣。

摘下小樹的途中，他用兩片葉子死死抓住自己的舊枝幹不放，如果有嘴巴，恐怕尖叫聲都響徹雲霄了吧，我突然有種自己是惡霸正在強搶民女的感覺。

帶著「嘿嘿嘿你掙扎也沒有用」的惡趣味心情，我把小樹種進盆栽裡，耀武揚威的說：「以後我就是你的主人了，你就叫做、叫做疆小容！小容乖乖聽話就有水有陽光有結晶，要是不聽話，我就拿鹽酸給你澆水！聽見沒有？」

「應該沒有。」疆小天澆熄我養寵物的熱情，「這時候的植物還不能溝通。」

我知道，但養寵物不就是為了自說自話這個樂趣嗎？

帶著小天和小容，我再次踏上追親之旅，既然疆小天說不用打結晶了，那當然是直直地朝著有大哥和小妹的方向奔馳。

騎車的路途果然順遂多了，鑽來鑽去好不快活，但是有個小天的路程卻又艱難得多。

看見馬路被一大堆車輛塞住，正想轉個方向從旁邊的草地騎過去。

「把擋路的車用冰氣推開。」

看見路過的小鎮充滿遊蕩的異物，正想轉油門硬衝過去。

「下車去解決前面那堆異物，先把匕首和槍交出來，只准用冰異能。」

晚上想隨便找間屋子睡覺。

「用冰做個愛斯基摩人的雪屋出來睡覺，要撐一晚不融化。」

雖然有點想提出先趕路找到大哥他們的建議，但是一看見疆小天那不合年紀的認真表情，我又想到堂堂冰皇應該分得清孰輕孰重。

這一路趕到洛安市都不知道能不能順利找到人，畢竟時間已經過去十來天，大哥他們想找到被鳥抓走的我，也不可能一直待在原地不動，難不成要一直放下訓練的事情，期待追上人之後再說？

當然人是一定要追上的，可是訓練也不能放下，疆小天說我能夠佔據一座小鎮，難道還要因此沾沾自喜嗎？一棵樹都能佔據一座小鎮，我堂堂一個人類，還帶著重生的優勢，居然也只能佔據一座小鎮，知不知道「恥」字怎麼寫！

疆小天提出的所有事情，我全都一一照做，半點異議都沒有，只是聽到雪屋要撐一晚的時候，我的臉還是黑了一下，騎整天的車還揍了一堆異物，現在唯一想做的事情就是倒頭睡覺，但若要保持雪屋不融，那該怎麼睡？

疆小天頭枕背包，懷抱疆小容，舒舒服服地躺著說：「等你熟練以後，睡覺也能自然而然保持冰異能常在。」

問題是現在一點都不熟練，而且我現在的能量恐怕不足以維持到早上。

「能量就像乳溝，擠擠總是會有的。」

正想吐槽老娘這輩子注定沒乳溝，您來遲了的時候，疆小天偏偏又用述說真理的語氣緩緩道出：「只有不停超越自己的極限才能真正讓你成為頂尖強者。」

於是，我沒說半句話就弄出雪屋，撐著屋子的同時努力想要入睡，但常常意識剛恍惚就被疆小天一腳踹醒。

「屋子要融了。」

我只好繼續醒著撐住雪屋，慢慢入睡後又被踹醒，一路睡睡醒醒，早上起床的時候覺得自己根本沒真正睡著過。

整整三天都是這個模式，到了第三個晚上，眼皮已經有千斤那麼重，體內的能量長期空蕩蕩，很不好受。

「書宇……」疆小天看著我，欲言又止。

「嗯？」我一邊弄著雪屋，一邊看向他，不知是不是又有新訓練？

疆小天卻只是看著我，手上還抱著疆小容，這棵樹剛開始不停想逃跑，只要一個沒注意，肯定會聽見「啪」的一聲，我家盆栽又跳車了。

但第一天晚上，我在睡覺和雪屋之間掙扎時，疆小天不知做了什麼事，隔天，疆小容就再也不敢跳車了，只待在疆小天懷裡動也不動，好像他真是一個普通的盆栽，不會跳車，也不會用根部扭動像蚯蚓般逃走。

疆小天遲疑著說：「書宇，你很累嗎？要不今晚先休息一下？或許欲速則不達，適當的休息也好。」

他說得有些彆扭，顯然不這麼認為，但是又希望讓我休息。

我忍不住笑了出來，大哥就是大哥，就算歷經末世十年，明白吃得苦中苦方為人上人的道理，卻還是捨不得讓弟妹吃苦。

「書宇，你現在幾歲？」疆小天皺著眉說：「我記得你那時才十八吧？還這麼小，實在……」

我打斷他的話，「十八歲都成年了，大哥。」

記得以前在末世逃亡的時候，可比現在要慘多了，白天東逃西竄，根本沒有目標，只知道找食物來吃，否則就要餓肚子；晚上縮著手腳睡覺，卻完全不敢睡熟，一有個風吹草動就能嚇得跳起來。

那種日子除了身體上的疲累，內心還充滿絕望，根本不知道活著的意義是什麼。

當時還沒吃結晶，遠遠沒有現在強健，那時候都能撐下來，現在沒道理撐不住，看來我這四個月真是過太好，如果早點進中官市去，說不定我能稱霸的範圍就不是小鎮，而是小城市。

末世當真偷不得一點清閒。

我吃了一顆結晶，把雪屋徹底弄好，拍了拍背包，說：「來睡了，大哥。」然後想一想又笑著改口說：「不對，你根本不能睡，還要負責踹醒我呢。」

幸好，白天我負責騎車的時候，疆小天可以睡覺，否則不知會不會讓他的身體狀況更差？

疆小天看著我，點了點頭，爬過來睡覺。

我也躺下來，險些就睡著了，幾乎不敢閉上眼睛，一閉上肯定會睡著，但是也不能一直這麼撐下去，就算把進化結晶當飯吃，也總會有個極限，必須快點學會在睡夢中維持異能存在……

猛然嚇醒過來，我的視線一聚焦就連忙看向頂上，白花花的一片，雪屋居然還存在，但是自己好像真的睡著了，難道睡不久嗎？

我探頭出雪屋，天色已經大亮了，記得剛躺下的時候頂多是晚上十點吧，也沒撐多久就睡著了。

愣愣地看著雪屋，難道自己真的在睡覺中也維持雪屋不融了嗎？

一陣欣喜湧上心頭，我連忙想跟疆小天說，但卻不見他的人，幸好扭頭張望一下就看見小人兒坐在重機車上，不知為何，那小小的身影看起來有些不太對，我的歡喜一下子消失了，試探的喊：「大哥？」

小身影震了一下，立刻把手上的東西收起來，塞進背包裡去，但我已經發覺那是什麼東西，是地圖。

平行世界的事情被發現了嗎？但我必須裝作不知情，因為現在對疆小天坦白的事情只有預知夢，根本無法解釋自己怎麼會知道平行世界的事情。

真苦惱，果然一個謊要用十個謊來圓，其實我並不打算瞞疆小天一輩子，只是不想徒生枝節，想說等找到大哥和書君再來坦承一切也不遲。

現在該怎麼辦呢？

糾結之下，疆小天卻已經神態自若的說：「打水來刷牙洗臉，你昨晚睡得不錯，今天可以早點出發。」

見狀，我鬆了口氣，看來冰皇不愧是冰皇，這接受能力真不是我等凡夫俗子可以媲美的。

洗好臉，我探了下能量，苦著臉說：「大哥，我的能量低得見底啦，吃結晶也只能補一點回來，如果遇上太多異物，可能會有危險。」

疆小天一邊用兒童牙刷刷牙，一邊瞥了我一眼，那眼神絕對是鄙視，絕對是！

他吐出漱口水，說：「難道沒有能量，你就完全沒有戰力了？」

我看向槍和匕首，不指望疆小天給把槍來用用，退而求其次問：「可以用匕首嗎？」

「看狀況。」

意思是不排除讓我赤手空拳沒異能去打異物就是了，好吧，我的身手確實還需要練練，雖然有關薇君的基礎在，比起傭兵們也毫不遜色，但比較的對象若變成冰皇，估計我和三歲小孩的差距不多。

上了車，一邊騎一邊聽「疆小天戰鬥指導教室」。

「你的身手還算可以，但看得出基礎打得不好。」疆小天疑惑的問：「書宇，你是在這四個月裡練起來的？我記得，雖然你的運動細胞不錯，但沒有學過這類的技能。」

我根本沒有基礎可言，哪個上班族女性會有戰鬥基礎這種東西？一切戰鬥能力都是被末世逼出來的。

「大哥，我在預知夢裡不是疆書宇，是別人的視角，所以我看著她戰鬥的時候學了不少技巧，這四個月練起來的。」

說完，疆小天似乎在沉思，突然問：「你在夢裡是誰？」

「是個叫關薇君的普通女人，她是一個小聚集地首領的女人，在末世活了挺久的，差不多有十年吧。」

「十年嗎？所以你不知道……」疆小天的聲音越來越低。

「不知道什麼？」我好奇地問。

「沒什麼。知道十年也差不多了，前幾年我人不在這裡，不知道會發生什麼事，既然這裡的我已經不可能成為冰皇，後面幾年發生的事情偏差會越來越大，也不可信了，不說也罷。」

說得也是，本想著冰皇應該知道不少事情，這主意還是打得太美好了，現實永遠是殘酷的，乖乖鍛鍊才是真理，重生也不過就是比別人提早起步而已，只要偷個懶，這幾步路的優勢就會蕩然無存。

「不如把時間用來鍛鍊你的身手和異能，只要夠強，什麼都不是問題……書宇，怎麼了？」

我把機車拐了個大彎，停到馬路邊去，輕聲說：「大哥，左邊那條路有個車隊靠近。」

疆小天坐在我的背後，他直接站在坐墊上，從我的肩頭望過去。

一共有六輛車，其中四輛是休旅車，還有兩台小巴士，這恐怕有個二、三十人以上，我皺緊眉頭，正想避開的時候，後方傳來孩子清脆的嗓音。

「書宇，你殺過人嗎？」

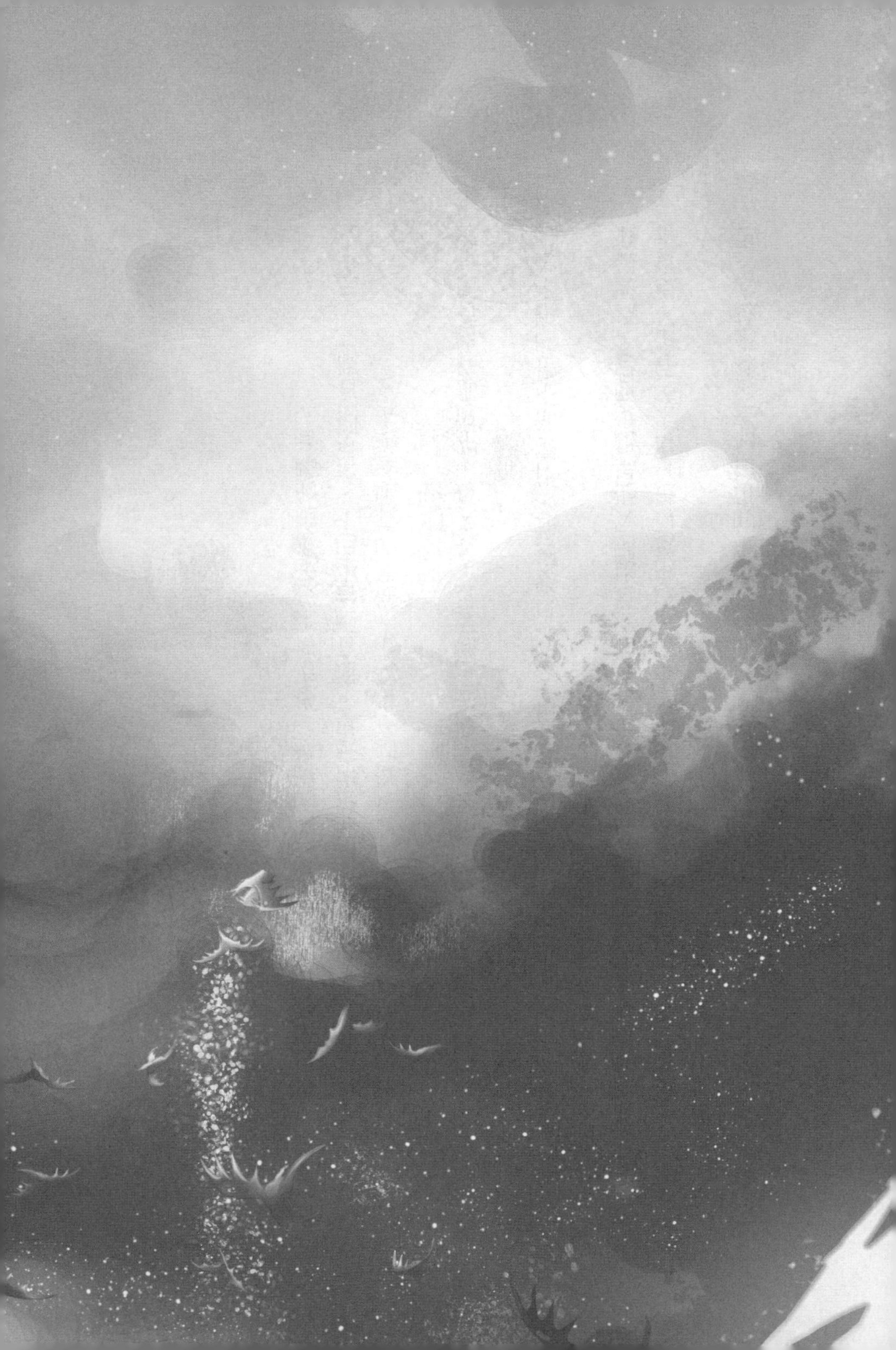

第十章

下一站，洛安

「嗯？」

我愣了一下，雖然不了解疆小天這麼問的意思，還是老實交代：「殺過。」

疆小天看了我一眼，神色有些複雜，點頭說：「那就算了，本想讓你練個手。」

呃，突然有種自己成功拯救無辜路人的感覺。我抹了一把汗，真不愧是活過末世十年的冰皇，已經不把人命當命看了，雖然自己也差不多，但至少還不到隨便殺個人練手的地步，大約是末世後期，我在聚集地安逸太久了。

但在那之前，自己殺的人也不少，尤其是母親喪了命，夏震谷又開始把女人當物資收的時候，當時我大概也沒把人命當命看。

「那我們走吧？」我嘗試著問，只想快把疆小天帶走，免得人類亡族滅種這罪真要落到疆家頭上了。

「嗯……」疆小天突然轉了口氣，問：「書宇，小巴士後面那兩台車是不是悍馬？」

什麼？我立刻看過去，還真的有，剛才被小巴士擋住了，所以沒看見，而且還不是一般人也能開的悍馬車，而是上著迷彩色的軍用悍馬吉普車！

「大哥，我可以逃走了嗎？」我認真的問。

疆小天瞥了我一眼，慢條斯理的說：「是走，不是逃，如果你想逃，那我就不許你走了。」

什麼逃逃走走的，聽得我頭大，總之走就對了，現在異能低得快見底，不是和軍人或者傭兵槓上的好時機。

「好，那我們走。」

看車子快開到我所在的路口來了，連忙把機車龍頭一轉就立刻閃人，不料才剛發動機車騎不到十米，就聽見後方傳來用大聲公放大的聲音。

「前方的機車立刻停下來，不然就要開槍了！」

「……」

何苦執著於一輛機車，你放我走不好嗎？我的背後坐著一顆核子彈，你知不知道啊？不要趕著來找死啊！

背後突然傳來一聲冷笑，明明是小孩的嗓音卻低沉得嚇人，「哼，天堂有路你不走！」

「大哥，你沒事吧？」我突然覺得不對，疆小天今天的情緒似乎特別壞，想了一下，早上到現在也就只有地圖的事情了，莫非平行世界的事情對他的影響這麼大？

疆小天一拍我的肩，說：「別發呆，他們過來了。」

我朝後照鏡一看，怕什麼來什麼，還真是軍人，個個都穿軍裝，不過總也好過傭兵，一般來說，傭兵還是比軍人狠多了，而且品行也比較差，不是每個傭兵團就像我家那個天兵團這麼可愛。

三名軍人走了過來，原本還舉槍戒備，但是走近一些，神色便沒那麼嚴肅，大概是看到疆小天了，帶著三歲孩子的人總是會讓人比較沒有戒備。

我下了車，回頭看著那三名軍人，三人都露出有點詫異的表情。

「怎麼是兩個孩子？」

三名軍人都把槍放下，沒再繼續把槍口對著我，這素質倒是頗不錯。

理著小平頭的軍人開口問：「小弟，你怎麼帶著這麼小的孩子在這遊蕩？很危險的！」

「哇塞，瞧瞧這張臉，嘖嘖！那些電視上的明星都輸了。」另一個比較流里流氣的傢伙直盯著我的臉，雙眼都放光了。

這話一出，氣溫突然下降好幾度，但這絕對不是我的問題，我趕忙抱起疆小天，然後又把疆小容放到他手上，這雙小手抱盆栽總比爆人頭來得好。

突然間，三人中那名較年長的軍人變了臉色，厲聲說：「你，開口說話！」

我眨了眨眼，說：「大家早安。」

「……」那軍人瞪著我，卻沒有剛才凌厲的臉色，隱隱還鬆了口氣。

這位大叔您的警覺心不錯啊，還知道要先懷疑我是不是異物，雖然現在的異物都長得很扭曲，但也不能排除總會有幾個比較像人類的可能性，目前最容易分辨的方式確實是開口說話。

「中校。」小平頭軍人為難地問：「這怎麼辦？兩個都是孩子。」

「帶走。」中校毫不遲疑地回應。

這話一說完，那流里流氣男立刻興奮地看著我，然後周圍的氣溫再次下降，秋天已經變冷了，疆小天你別再雪上加霜。

「對不起，我要離開了。」我立刻站到機車旁，打算情況不對就立刻上車催油門揚長而去，相信這幾個軍人應該不至於喪心病狂到開槍射他們口中的孩子。

那名中校低喝：「不要胡鬧，這附近的倖存者都要去洛安市，那裡有統一收容所。」

我一怔，「你們要去洛安市？」

「難道你沒聽廣播嗎？」流里流氣男納悶的問：「你不是聽了廣播要去洛安市嗎？這條路就是要去洛安市的路，就算你想去別的地方，也會經過洛安市，都不遠了。」

還真沒聽過，我就是要去找大哥他們，根本不在乎其他倖存者去哪聚集。

我低頭思索，如果洛安市已經變成倖存者聚集地，那事情就有點麻煩了，光進出那座城市可能就是個大問題，現在大家怕異物怕得要死，要進去絕對會有個檢查哨，如果我單身一人，被刁難還是小事，就怕那些心懷不軌的人。

在亂世中生著疆書宇這張臉，我可不認為性別是個男的就會沒事。

就算有冰異能，雙手也難敵眾槍，我可不會自大地認為現在的自己可以面對一排槍，最多可以逃走，但是我一定要進洛安市，不能一逃了之。

「有聽到，所以我要去那裡找失散的家人。」

我故意露出警戒的神色，朝那個流里流氣男瞪了幾眼，對方摸了摸鼻子，小平頭軍人把他拉得後退一步，開口解釋：「他沒惡意。」

這點倒是沒錯，雖然那傢伙的口氣有點輕佻，不過也只是看看我的臉，連走上前來動手動腳的舉動都沒有，那把槍拿得可穩了，就是個嘴花花的人物吧。

我皺著眉頭看著那個中校，偶爾不放心地看一下流里流氣男，像是既想跟著走卻又擔心自身安危的模樣，這期間，疆小天抬頭盯著我不放，害我得努力忍住不破功，冰皇大人您是在鍛鍊我的演技嗎？能不能不要這樣直盯著看？

中校乾脆地扭頭就走，只丟下一句：「別跟他囉嗦，讓他把東西收收立刻上車，不走就押上車！」

聞言，小平頭軍人有些無奈，對我說：「我們真的沒惡意，你跟我們走吧，你不為自己想也得為弟弟的安全想想，等到了洛安市，你想去哪就去哪，沒人會攔你。」

我正想順勢答應的時候，疆小天突然勾住我的脖子，高喊：「爸爸！」

「……」冰皇大人，您到底想幹嘛？

懷中傳來輕聲警告：「不許早戀，現在你最重要的事情是增強實力，不是談戀愛，至少這兩年要認真鍛鍊，不許找對象！」

一個大哥叫弟弟去談戀愛，一個大哥不許弟弟早戀，你們兩位到底是想逼死誰？

頂著小平頭軍人和流里流氣男兩人的震驚目光，我默默地收拾物資，揹好背包，依依不捨地拋下好用的重機車，跟著兩人走進車隊。

流里流氣男還興奮地提議：「坐我們的悍馬吧！你喜歡重機的話，肯定也會喜歡悍馬。」

我確實喜歡悍馬，因為這種車子遇上普通的障礙物可以直接撞開，完全不用擔心會不會拋錨的問題，可惜路上不容易撿到悍馬。

「別鬧！」小平頭軍人給了他一拐子，然後轉頭對我說：「你上後面那台巴士。」

我點了點頭，默默走上巴士，眾人視線都集中過來，先是有些不滿，猜測是因為我耽誤了他們的時間，後來的表情就複雜了，大致就是婦女散發熱情散發愛，男人們撇過臉去還咕噥了兩句。

雖然反應大不相同，但也不過是一瞬間的事情，眾人最多的神色還是惶然不安，並不想搭理我或者任何其他人，縮在自己的座位上，滿滿都是恐懼與絕望。

這神態一點都不陌生，讓人想起上輩子充滿絕望與辛酸的日子，我不想與任何人有交流，見車子只坐了一半，後半段都沒人，乾脆直接走到最後一排坐下，低頭看著疆小天。

「大哥，洛安市不遠了，雖然跟著這團體會耽擱一些時間，可是到時若有檢查哨，團體行動比較不會被人盯上，這樣可以嗎？」

剛剛一直沒機會問疆小天，但他也沒有給我什麼暗示，我就當他同意跟著這群人走。

「你自己判斷就好。」疆小天看著我，有些複雜的說：「書宇，你比我記憶中的個性更穩重，我以為末世以來，另一個我會一直護著你和書君，但事實不是如此，是嗎？」

我沉默了一下，說：「大哥，我做了十年那麼長的夢，而且還失憶，不記得以前的事情，剛醒來那陣子甚至搞不清楚自己是誰。」

聽到失憶，疆小天的眼睛微微睜大，直直地看著我，但如今就算收到這種目光，我也不會再說自己不是疆書宇這種話，因為我就是疆書宇！

「你失憶了？」疆小天輕聲問：「完全不記得嗎？」

「只有偶爾會想起一些零碎片段。」

「難怪你會弄不清自己是誰。」疆小天皺眉問：「現在還會迷惘嗎？」

「不。」我微微一笑，「現在我只想找到疆家所有人，一起在末世活下去。」

疆小天拍了拍我的肩表示認同。

他低頭思索了一下，問：「那十年的夢中，你是不是有看見過我？你的某些戰鬥方式很眼熟。」

「有，有一次，我看見你跟一個異物戰鬥。」

疆小天略帶好奇的問：「什麼樣的異物？」

我把看見的情況描述出來，什麼冰刀滑行、漫天雪道，完全不掩飾自己對冰皇的崇拜。

疆小天點了點頭，說：「那種戰鬥法大概四階就可以辦到了，並不難，只是會虛耗很多能量，不實用，要五階以上才可以完全無視那些雪道的能量消耗。」

五階，真是任重而道遠。

我突然想起來，「對了，雖然我沒發現冰皇就是大哥你，可是你當時打的異物體型比較大，倒是看得很清楚，他的外表很獨特，身上都是血色的紋路，尤其是雙眼下方兩道直直的血紋，簡直像是兩道血色淚痕。」

現在想想，跟之前大哥被腦魔迷惑而流下血淚的模樣倒是有點像。

疆小天的臉色突然崩裂了。

我嚇了一大跳，「大哥？」

聽到這聲喚，他看過來的眼神竟是驚懼，我愣住了，忍不住又喚：「大哥，你怎麼了？」

疆小天卻已經恢復神色，冷靜地回答：「他確實很強，能力很獨特，當時已是一方霸主，如果不是遇上我，不知會發展到什麼程度。書宇，你絕對不能輸給他！」

這突來的最後一句頓時讓我壓力好重。

看了疆小天一眼，還是覺得這大哥今天不太對勁，我忍不住說：「大哥，我什麼都告訴你了，如果你有事也不要瞞著我，好嗎？」

疆小天認真地看著我說：「只要你和書君都好好的，大哥能有什麼事？」

聽到這話，不知為何，我一點放心的感覺都沒有，如果他把對於平行世界的疑惑或者猜測提出來討論，或許還能讓人心安一些，但什麼都不問，到底是不介意呢？還是太介意呢？

疆小天拍拍我，說：「書宇你好好休息，恢復一些能量好應付狀況，你睡覺的時候，我會看著點。」

聞言，我也只能乖乖睡覺，如果沒碰上任何意外，傍晚前應該就能抵達洛安市。

就算有天大的事情，也不如找到大哥他們來得更重要。

知道疆小天會守著後，我睡得非常熟，隱隱約約感覺到自己被蓋了件衣服，然後疆小天又鑽進衣服裡面來，趴在我的胸口，我順勢抱住他，下巴靠在小孩的頭頂上，睡得更舒服了。

美美地睡了一覺，醒過來的時候，外頭射進橘紅日光，看來已經傍晚了，我竟直接從早晨睡到傍晚，不過這一睡飽，精氣神整個大飽滿，不只是體內空蕩的能量補回來了，甚至有種更加強健的感覺。

不對，這感覺未免好得過了頭，呃，我該不是上二階了吧？

聽說過戰鬥中打著打著就晉了階，就沒聽過睡覺中睡著睡著也能晉階的事！

我低頭看向疆小天，他正咬著一塊餅乾，看起來似乎沒什麼不對……才怪！一張小臉白得跟紙一樣，到底想瞞過誰？

「大哥，你做了什麼？」我咬牙說。自己的能量都低得縮水成三歲娃，你居然還敢亂來？

疆小天顧左右而言他，「已經可以看到洛安市了，剛剛前面人在討論再十分鐘就到了，現在大概就剩下五分鐘，你快收拾一下東西，準備下車了。」

收拾什麼，大包小包地早就放在一邊，我又沒打開，等等提上就可以走了。

我怒視著他，別想這麼簡單唬弄過去！

「做都做了，我也不能讓時間倒流，你看我也沒用。」

這倒也是。我深呼吸一口氣，強硬地說：「答應我，不許再做這種事！」

疆小天點了點頭，「接下來我也辦不到了，是你正好離突破不遠，我才能助你一臂之力。」

這話是說真的還假的呢？我難以判定，以前根本沒聽過有這種可以幫別人突破的事情，應該不是太容易吧？但想想大哥可是冰皇，那種階級連碰都碰不到，誰知道有沒有什麼祕法呢？

我只能帶著懇求的語氣說：「大哥，不管你變不變得回來，家人能夠在一起才是最重要的事情，對吧？」

疆小天笑眯了眼，說：「那當然。」

他站在我的大腿上，這高度才足夠伸手揉了揉我的頭。

不管大哥是什麼模樣，這揉頭的舉動總是不會變呀！我一笑，更用力給他揉回去，直到疆小天的頭髮爆成一團，這才滿意了，哼哼，叫你愛揉我頭！

看著疆小天的鳥窩頭和無奈到極點的表情，我像個怪叔叔一樣嘿嘿笑了半天，一抬起頭來，就看見面前站著一個小女娃。

看她的眼睛瞪大如銅鈴，我的冷汗都滴下來了，我真的不是怪叔叔，別誤會啊！

「哥哥，我媽媽說這個給你。」

我一怔，小女孩已經將雙手伸向前來，手上是一雙夾腳拖鞋，圖案還是粉紅色凱蒂貓。

我正赤著腳，但不是沒鞋子，雖說鞋子還真的被大哥丟了，但主因是要練異能，並不是沒鞋穿。

接過夾腳拖，這個倒是真的很方便，等等要進城，赤腳太惹人注意，有這雙鞋子就好多了，而且若真要戰鬥，腳一甩，夾腳拖立刻就飛出去，半點都不礙事，這位小妹妹妳開啟了我的新視野，萬能的夾腳拖！

從背包掏出幾片巧克力和一罐八寶粥遞給小妹妹，我又抬頭看了一下，有一個女人正緊張地看著這邊，我朝她一笑，對方放鬆許多，也點了點頭回應，她旁邊的座位還有個男人，原本是不太高興的表情，但一看見巧克力和八寶粥，他的表情閃過一絲竊喜，顯然覺得賺到了。

我揉了揉小女孩的頭，她抱著巧克力，很是高興，卻沒有立刻拿來吃，而是催促：「哥哥穿鞋子！」

我笑著穿上夾腳拖，尺寸倒是挺合的，只略小了一些，真不知道是這雙夾腳拖特大，還是疆書宇腳小，這粉紅色凱蒂貓夾腳拖肯定是女鞋吧？上頭還有個水鑽蝴蝶結呢！

我突然覺得穿上這雙拖鞋，形象貌似也沒比赤腳好到哪裡去。

小女孩笑了，揮著手說：「哥哥再見，弟弟再見。」

我笑著揮手再見，心情突然好了起來，這時，車子突然停下來，我朝外頭一看，外頭卻不是高樓大廈，反而像是郊區，不遠處竟還有圍牆和鐵絲網，這莫非是……軍區？

「到了！」車上的眾人開始騷動起來，個個站起身，從窗戶探頭出去。

我皺起眉頭，「這看起來不像城市。」莫非真被騙了？但這裡的倖存者各形各色，不像是一夥人，如果這裡真的不是洛安市，他們應該不會是這種反應，總不可能每個人都跟我一樣是異世界居民，不認得這世界的城市吧？

「收容所不會在市區，他們說在洛安市，應該是指在郊區。」疆小天拍了拍我，「你看另一邊。」

聞言，我立刻轉頭看，果然另一邊的稍遠處就是高樓大廈。

疆小天說：「你不用急著進城，這個世界的我不會叫你進市區去找線索，那太危險了，他說的那座塔應該會在都市外圍，肯定是個大地標，你才好找，先跟著其他人走，打聽一下再說。」

我點了點頭，雖然是兩個世界的大哥，但目前看起來，大哥還是大哥，這判斷應該不會錯的。

只是，兩個世界兩個人卻又是同一個人，如果我在這世界遇上關薇君，她究竟是不是我？

「軍區成為收容所的例子不少，黑霧過後一片混亂，過陣子緩過氣來，國家組織終於開始動作了，有軍隊駐紮的地方變成最好的收容所。」

疆小天看著鐵絲網圍牆，三歲孩子露出複雜的表情，讓看的人心情也很複雜。

「但也只有末世前期有收容所，接著糧食越來越匱乏，國家徹底崩盤，軍隊反倒變成軍閥，到處劃分地盤，個個都是毒瘤！」

他轉頭看著我說：「書宇，既然你要在裡面找線索，就要小心點，不要輕易曝露實力。」

我提起大包小包外加孩子與盆栽，排在所有人後頭等著下車，說：「放心吧，大哥，你家弟弟的外表就是柔弱無力美青年一隻，童叟皆欺。」

疆小天瞥了一眼過來，嘆氣道：「你真是比我記憶中的模樣更好看，書宇，你要很強才行。」

我慎重地點了點頭，還想著回去一定要好好鍛鍊書君，她可是貨真價實的美少女，比我來得更危險！

下了車，才剛抬頭望向那塊軍區，我立刻臉色一變。

真不愧是大哥留下來的路標，真是好找到不行，只要我是從家的方向過來，就絕對會看見眼前這座黑色大鐵塔，它就位於軍區內，因為周圍完全沒有高樓的關係，非常的明顯。

「你喜歡衛軍塔嗎？」

我扭頭一看，流里流氣男不知何時走過來，一臉的笑咪咪。

「這座塔可有個典故呢……」

我打斷他的話，問：「我們可以進去那裡嗎？」

軍區外面有不少帳篷和大批民眾，不知道為什麼不進去軍區，莫非進去還有條件？

「人太多了。」流里流氣男解釋：「新來的都要先登記，在外頭過三天才准進去，免得有人傷口感染卻隱瞞不說。」

我點了點頭，表示理解，這時候的人們還不夠強健，傷口若是感染就很容易死亡，一死就會出問題。

「你也得在外面三天，不過別怕，我會來看你。」

疆小天握了我的手一下，顯然很不喜歡這傢伙。

「對了，我叫陳彥青，你呢？」

我還來不及回答，就看見另一個小平頭軍人正急匆匆地衝過來，喊了聲：「阿青你別鬧他。」

陳彥青立刻回頭痛罵：「郭泓你給我說清楚，你哪隻眼睛看見我鬧他了？」

郭泓停下腳步，似乎有些愣然，看了看陳彥青，又看著他手上提的東西，遲疑地看向我。

「他只是幫我提東西。」我老實地回答。

雖然這傢伙很明顯地對我有意圖，不過卻沒動手動腳，倒是個可以先交好的對象，這裡是軍區，這兩人是軍人，多少有點關係可以利用，不管是用來擋一些麻煩，甚至是幫忙找大哥他們。

郭泓皺了皺眉，說：「現在要帶民眾過去集合，正是忙碌的時候，你不去幫忙一般民眾說不過去。」

「難道他不算民眾啊？」陳彥青理直氣壯的說：「而且你看他這樣貌，不看著點，保證馬上就能生出事來，你沒忘記最近才剛來幾夥傭兵吧？」

傭兵？

我立刻激動地追問：「在哪裡？那些傭兵在哪？」

兩人訝異地看著我。

「就在那裡面啊。」

陳彥青比著軍區，我激動得不自覺渾身都顫抖起來。

大哥、書君、叔叔、嬸嬸、疆域傭兵團……

就在那裡面！

——待續——

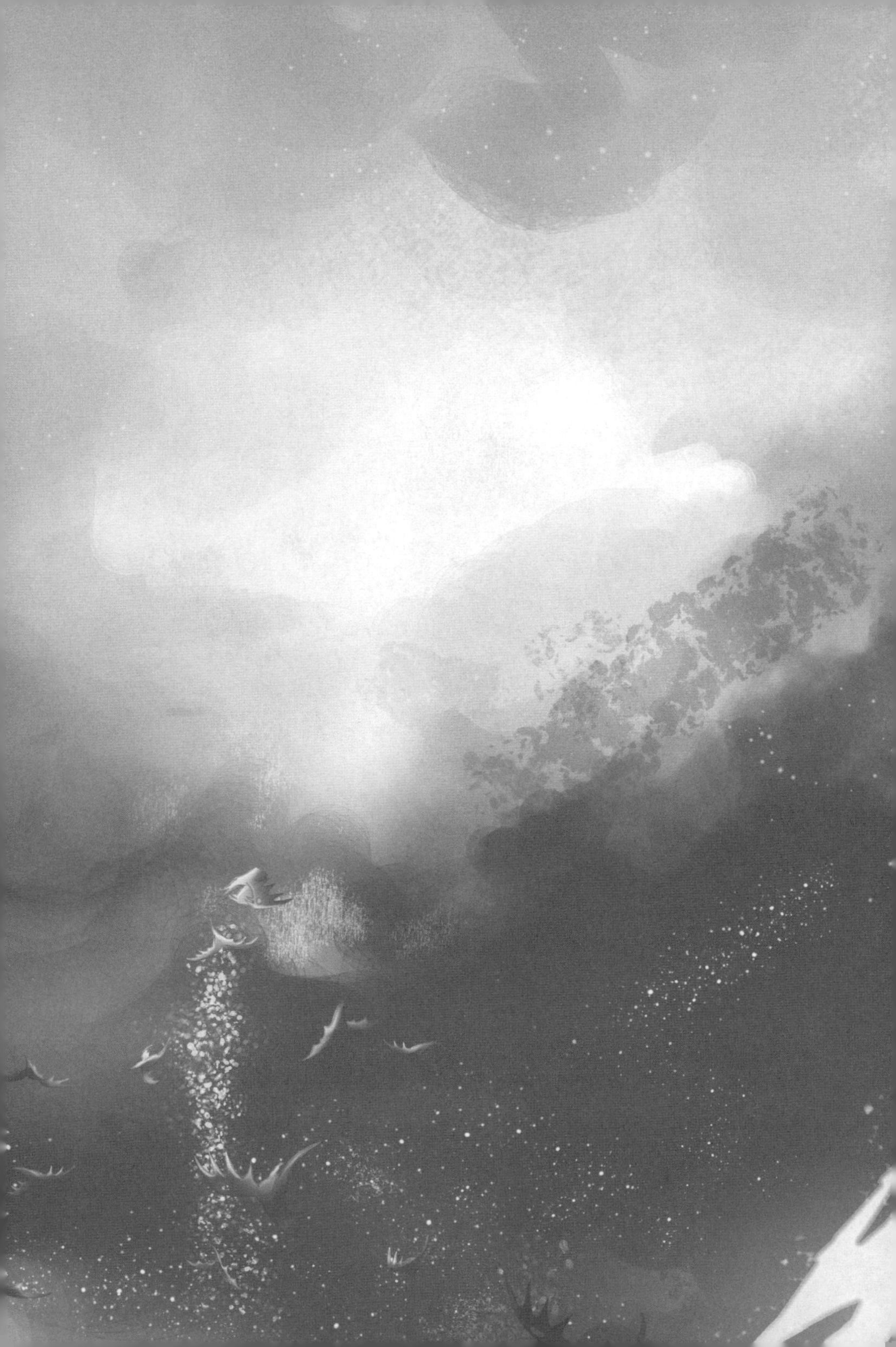

番外篇

歸途（下篇）

疆書天是第一個醒來的人。

反射性摸上自己的胸口，確認自己還活著，然後發覺這舉動有多傻，苦笑地放下手，實在是那陣痛苦太過駭人，讓人覺得一定會死。

他轉頭看向其他人，看見一頭紅髮的珍妮有了動靜，她正抬起頭來。

「醒了？叫醒其他人，我們還得趕路回去……」

說到這句，疆書天的話斷了，對方抬頭直視著他，滿臉的半透明魚鱗，咧開嘴，一嘴尖牙，脖子還裂開一道道的縫隙，不斷蠕動，那竟是鰓！

但這張臉卻還看得出就是珍妮沒錯，疆書天有些反應不過來，甚至開始懷疑自己現在是什麼樣子？莫非也……

疆書天猛然拔出槍來，對準半人半怪物的珍妮，她正朝自己撲上來，疆書天遲疑了一下，還是沒開槍，選擇閃開來，但卻又被某個東西掃中腿，差點摔倒，低頭一看才發現珍妮的雙腿竟變成一條大魚尾巴。

人身魚尾，簡直就是「美人魚」，但眼前這條美人魚完全不像童話故事那般美好，魚尾的顏色一片慘綠，彷彿長著黴菌，兩側甚至長著尖刺。

疆書天朝著魚尾連開數槍，對方痛得不停彈跳，尖叫聲像是被捏住脖子的雞，這時，槍口已經移到珍妮的眉心，疆書天看著那張既熟悉又陌生的臉，有些下不了手，但他還沒來得及開槍，對方的腦袋上已經插著飛刀，緩緩倒在地上。

「老大！」

疆書天扭頭看去，小殺正驚疑不定的看著珍妮。

小殺還是人類的模樣，而從他看自己的表情，疆書天就知道自己肯定也是個人樣。

「這是什麼東西？」小殺難以置信的問。

疆書天張了張嘴，這才發現從小殺的方向看過來，那條大魚尾遮住大半視線，他可能沒發現這是珍妮，只看見自家老大被怪物襲擊，才這麼果斷地出手。

他遲疑著該怎麼說，但這時，腳踝卻被人一把抓住，疆書天低頭一看，珍妮正張大嘴要朝他的腿咬下去。

砰砰砰！

疆書天一連開了三槍，把對方的頭轟掉大半。

此刻，他完全明白這是什麼樣的末日，遠比預計的更可怕。

鬧出的動靜太大，其他人正迷迷糊糊地醒來。

疆書天環顧車內一圈，然後把槍抵在一隻渾身長毛，鼻吻突出的怪物頭上。

這是吳再予，那個菜鳥傭兵鰤仔魚，總說將來娶了老婆，有她在家，就可以養條狗了，還被凱恩取笑是為了狗才娶老婆，而這隻菜鳥卻等不到將來，已經先自己成了狗。

疆書天扣下扳機，放下槍，發現穩得開槍能百發百中的右手正在微微顫抖。

「老大，他們是、是……」小殺看清那條魚的臉，發現自己攻擊的怪物竟是同伴。

「是死了。」疆書天強自冷靜的說：「珍妮不會攻擊我，這個東西不是她。」

小殺沉默地點了點頭，遲疑了一下，還是忍不住問：「我們也會變成這樣嗎？」

「不會。」疆書天果斷地回應。

若是所有人都會變成怪物，書宇何必叫他準備物資，所以肯定不是所有人都會變，只是不知道契機到底是什麼。珍妮和吳再予，沒有什麼共通性。

而家裡，又有多少人會變成怪物？

書宇真能應付得來嗎？

疆書天越想就心越沉，而他也沒發現，自己完全忽略弟妹有可能會變成怪物這點。

「小殺，把所有人叫起來，我們立刻啟程回去！」

這個「立刻」卻延宕了好幾天，疆書天沒想到竟會有如此多的怪物，還都是不同種類，能力都不相同，防不勝防，許多都比珍妮這條陸地上的魚要難以應付得多。

雖然槍還是好用的，但是一開槍卻可能引來成千上萬的怪物，他們只能一路躲躲藏藏，被逼得不得不用匕首去和那些異物搏鬥。

鄭行一個沒注意就被咬傷了。

眾人臉色都很難看，末日剛開始還什麼都不知道的時候，就失去珍妮和吳再予，現在連鄭行也要沒了嗎？

「殺了我吧。」鄭行深呼吸一口氣，「讓我死得像個人。」

眾人眼眶都紅了，凱恩舉起槍來，想要送夥伴一程，卻被自家老大喊了「住手」。

「給他打抗生素。」疆書天平靜的說：「要是咬一口就死，書宇不會讓我準備這麼多抗生素。」

聞言，一群身經百戰的傭兵險些都要哭出來了，隔天，看見鄭行還是個人樣，會吃飯會說話就是不會咬人，那是真哭了。

「老大？」

數天來的搏命逃亡，終於回到了家，疆書天卻有些不敢下車，是的，不到二十歲就在傭兵界混的傢伙，此刻，卻怕下車。

但親人還等著自己去救援，或許就差那麼一秒，疆書天不容自己在這時候軟弱，一把拉開車門就下了車，領著眾人直衝進家裡。

疆書天一開大門，只感覺渾身的血都結成了冰。

滿室瘡痍，客廳的家具東倒西歪，不少地方都有一片黑紅，那是凝固的血。

他要瘋了。

「書宇！」他衝進客廳，經過廚房，看見門口堆著的東西，卻沒見到人。

「書君！」走廊全是血，腳下踩的血到底是誰的？

「你們在哪裡！快回答我！」

「老大，這裡……」曾雲茜從二樓探出頭來，喊完「這裡」，卻不知道接下來該怎麼說，整個人手足無措。

疆書天直接衝上二樓，呆站在原地，書宇的房門前是滿地黑紅夾雜著黃白，腐爛腥敗的味道臭不可聞。

他不敢踏上去，不敢去書宇房裡，甚至不敢思考……

傭兵們站在後方，一聲都不敢吭。

大哥——

眾人皆是一愣，雖然呼聲不大，但確實聽見了。

疆書天低吼一聲，將快悶死他的鬱氣吐出來，直接從二樓跳到一樓，在書君房裡探了一眼卻沒有人，他回頭一望，林伯的房門是關著的，疆書天再受不了這種折磨，用力一腳踹開房門，望見一個身影躺在床上。

他大步衝上前去，低頭一看，險些崩潰，那張臉已不是個人樣。

但那眼神卻是人的。

疆書天定睛一看，這還是自己的弟弟，只是瘦得不成人形了，他伸手去碰床上那人的臉，小心翼翼就怕碰壞了，根本摸不著半點肉，只有皮包著骨頭，這真是那個從小就漂亮得不像話的弟弟？

「書宇……」

疆書天說不出話來，卻瞧見弟弟張了張嘴似乎在說話，但卻聽不見半點聲音，他連忙低頭傾聽，「什麼？」

「地下室，君君。」

疆書天不知自己回了什麼話，他既痛心又驕傲，書宇真的保護了這個家，一直以來都是他在保護這個家，自己這個當大哥的到底在幹什麼？都幹了些什麼！

床上的人鬆了口氣，雙眼竟緩緩閉上。

「書宇！」疆書天恐懼的大叫。

那雙眼睛像是被嚇著了，微微張開，眼神卻一點焦距都沒有。

「把抗生素拿過來！立刻拿來！書宇，你給我醒著，保持清醒，書宇——」

鄭行衝進來，立刻撞開自家老大，見到疆書宇的模樣也是一愣，但還是立刻接手過來急救。

疆書天只能在一旁傻站著，他知道還有妹妹在地下室不知情況，但他也知道，書宇沒倒下前，書君不會有事。

果不其然，沒多久就看見書君衝進來，疆書天這才驚醒過來，連忙抱住妹妹，硬把她帶出房間，順手鎖上房門不讓她進去。

疆書君瘋狂的高喊：「大哥你幹什麼，我要看二哥！二哥啊！」

疆書天卻不讓她進去，要是讓書君看見書宇現在的模樣，還正被急救中，她恐怕立刻就崩潰了。

掙脫不了，疆書君大哭，回頭一拳又一拳捶上疆書天的胸口。

「大哥你去哪了？為什麼現在才回來，你不知道二哥他有多勉強自己，他連站都站不穩，卻拿著棒球棍救了我們，還去地下室看狀況，他被林伯抓住……」

疆書天抱著自己的妹妹，聽著弟弟這幾天來的事情，突然覺得自己真是個廢渣，帶著滿滿的軍火，竟然還花那麼多時間才回到家，而他的弟弟用殘破的身體和一根棒球棍就救了整個家！

「大哥，我……」疆書君恐懼萬分，呼吸急促了起來，連連說：「我把二哥關在門外，他叫我別開門，我、我背後還有叔叔嬸嬸，所以我不敢開門，可這、這害死二哥了對不對？我害死二哥了！」

疆書天一陣心痛，書君慌到連話都說得顛三倒四，他聽不懂究竟是什麼情況，但他卻明白書君有多依賴書宇，若照她說的，是她把書宇關在門外，不知這幾天來，書君究竟承受了多少壓力，現在一口氣爆發出來，整個人已經歇斯底里了。

他忍著愧疚，搧了妹妹一巴掌。

「胡說什麼，妳二哥活得好好的，妳想害死誰？」

書君停歇了，撫著臉卻不知痛，只是眼巴巴的看著大哥，傻傻地問：「二哥他沒事嗎？」

「當然沒事，妳忘記他是號稱從不生病的健康寶寶嗎？」疆書天的腦中不斷閃過書宇瘦骨嶙峋的模樣，既想說服妹妹，也想說服自己。

「嗯！」疆書君一抹眼淚，笑了，「二哥沒事就好，大哥你回來了就好，有你們在，我們家一定不會有事。」

疆書天抱著妹妹，希望如此，渴求如此。

書宇，我回家了，你也快回家吧。

──歸途・完──

後記

第二集沒寫到預料中的情節進度，不過又覺得十分正常，回顧之前排的預計內容，發現這本來就不可能在這集寫完啊！

真懷疑自己是不是當時的腦袋被異物吃了，才會覺得這些劇情可以寫進一集裡面，最後發現大概只寫了一半，另一半甚至需要完整的一集才有辦法填完，也因此，原本預計要寫待續的地方不能用了，還稍微超出字數才能停在比較理想吊人胃中的待續。

這集把〈歸途〉番外篇寫完了，下次的番外篇是〈冰封輝皇〉，顧名思義就是冰皇的番外篇，這篇我超想寫的，其實已經偷寫完好幾個段落，好期待大家看見冰皇事蹟的反應啊！

很想在這裡說說冰皇的事情，但是聽說這世上有種讀者是先看後記再看內文，加註各種警告標語都沒有用，所以我又不敢說太多，不想在後記先破梗，這樣看的時候就沒有驚奇了。

不過還是想問：大家有沒有猜中冰皇是誰啊？

之前在網誌看大家的讀後感似乎都覺得某人就是冰皇，當時我真的超想去吶喊正確答案，要超努力才能忍住不去暗示大家，不知道這個結果有沒有打破大家的眼鏡呢？

上輩子的疆家到底發生什麼事，在〈冰封輝皇〉篇中會解釋清楚，不過在本集已經有不少暗示，基本可以組出事件始末了，只是缺乏細節而已。

想想還有什麼沒提到，喔對了，這一集沒有末世某一天，因為只有兩篇，其中一篇還牽扯到某個本集只聞其名不見其人的斬展大人，我想了一想，還是等累積多一點再來放好了，不然只放個短短兩則也是滿囧的。

真迫不及待下一集的出現，因為有某個超想寫的劇情內容就在下一集啊！不是說番外篇喔，雖然番外也很想寫，不過正文那個更想寫啊！

順提，本集中最迫不及待想寫的劇情就是冰皇出現的那一幕，老早就寫起來等著劇情發展到這邊要連接，至於下一集的「最想寫劇情」，嘿嘿，等下一集後記再來揭曉吧。

各個平行世界的讀者們，咱們下集再見囉～

By 御我

苦苦追尋視若珍寶的家人，
但末世裡的追尋，每一步都可能落入萬丈深淵。

終疆

03 冰封輝皇

好不容易追到線索，不料，線索居然在軍隊封鎖的區域裡。
我哭的心都有了，大哥你們為什麼要增加弟弟回家的難度啊！
難道大哥你信奉合理的訓練是訓練，不合理的訓練是磨練嗎？
把弟弟丟進異物堆還不夠，現在還要丟進軍隊裡去打群架？
望著高大的黑鐵塔，回家的線索近在咫尺，
僅僅隔著一條黃色封鎖線，到底該怎麼辦？
我一咬牙：「就算要一路打進去，我也會打出一條回家的路！」

—2015 年 5 月出版，敬請期待—

國家圖書館出版品預行編目資料

終疆 02：異物都城 / 御我 著 .-- 初版 .-- 臺北市：平裝本．2014.12 面；公分（平裝本叢書；第 407 種）（御我作品）

ISBN 978-957-803-934-6（平裝）

857.7　　　103021418

平裝本叢書第 407 種

御我作品

終疆

02 異物都城

作　　者—御我
發 行 人—平雲
出版發行—平裝本出版有限公司
台北市敦化北路 120 巷 50 號
電話◎ 02-27168888
郵撥帳號◎ 18999606 號
皇冠出版社（香港）有限公司
香港上環文咸東街 50 號寶恒商業中心
23 樓 2301-3 室
電話◎ 2529-1778　傳真◎ 2527-0904
責任主編—龔橞甄
責任編輯—張懿祥
美術設計—程郁婷
著作完成日期— 2014 年 10 月
初版一刷日期— 2014 年 12 月
初版二刷日期— 2014 年 12 月
法律顧問—王惠光律師

讀者服務傳真專線◎ 02-27150507
電腦編號◎ 553002
ISBN ◎ 978-957-803-934-6
Printed in Taiwan
本書特價◎新台幣 249 元 / 港幣 83 元

皇冠60週年回饋讀者大抽獎！
600,000現金等你來拿！

參加辦法 即日起凡購買皇冠文化出版有限公司、平安文化有限公司、平裝本出版有限公司2014年一整年內所出版之新書，集滿書內後扉頁所附活動印花5枚，貼在活動專用回函上寄回本公司，即可參加最高獎金新台幣60萬元的回饋大抽獎，並可免費兌換精美贈品！

●有部分新書恕未配合，請以各書書封（書腰）上的標示以及書內後扉頁是否附有活動說明和活動印花為準。
●活動注意事項請參見本扉頁最後一頁。

活動期間 寄送回函有效期自即日起至2015年1月31日截止（以郵戳為憑）。

得獎公佈 本公司將於2015年2月10日於皇冠書坊舉行公開儀式抽出幸運讀者，得獎名單則將於2015年2月17日前公佈在「皇冠讀樂網」上，並另以電話或e-mail通知得獎人。

抽獎獎項

60週年紀念大獎1名：獨得現金新台幣60萬元整。

●獎金將開立即期支票支付。得獎者須依法扣繳10%機會中獎所得稅。●得獎者須本人親自至本公司領獎，並於領獎時提供相關購書發票證明（發票上須註明購買書名）。

讀家紀念獎5名：每名各得《哈利波特》傳家紀念版一套，價值3,888元。

經典紀念獎10名：每名各得《張愛玲典藏全集》精裝版一套，價值4,699元。

行旅紀念獎20名：每名各得 dESEÑO New Legend尊爵傳奇28吋行李箱一個，價值5,280元。

●獎品以實物為準，顏色隨機出貨，恕不提供挑色。
●dESEÑO 尊爵系列，採用質感金屬紋理，並搭配多功能收納內襯，品味及性能兼具。

時尚紀念獎30名：每名各得 dESEÑO Macaron糖心誘惑20吋行李箱一個，價值3,380元。

●獎品以實物為準，顏色隨機出貨，恕不提供挑色。
●dESEÑO 跳脫傳統包袱，將行李箱注入活潑色調與簡約大方的元素，讓旅行的快樂不再那麼單純！

詳細活動辦法請參見
www.crown.com.tw/60th

主辦：皇冠文化出版有限公司
協辦：平安文化有限公司
平裝本出版有限公司

皇冠60週年集點暨抽獎活動專用回函

請將5枚印花剪下後，依序貼在下方的空格內，並填寫您的兌換優先順序，即可免費兌換贈品和參加最高獎金新台幣60萬元的回饋大抽獎。如遇贈品兌換完畢，我們將會依照您的優先順序遞換贈品。

●贈品剩餘數量請參考本活動官網（每週一固定更新）。所有贈品數量有限，送完為止。如贈品兌換完畢，本公司有權更換其他贈品或停止兌換活動（請以本活動官網上的公告為準），但讀者寄回回函仍可參加抽獎活動。

1. ______________ 2. ______________ 3. ______________

●請依您的兌換優先順序填寫所欲兌換贈品的英文字母代號。

1 2 3 4 5

☐（**必須打勾始生效**）本人______________（**請簽名，必須簽名始生效**）同意皇冠60週年集點暨抽獎活動辦法和注意事項之各項規定，本人並同意皇冠文化集團得使用以下本人之個人資料建立該公司之讀者資料庫，以便寄送新書和活動相關資訊。

我的基本資料

姓名：______________

出生：______年______月______日　性別：☐男　☐女

身分證字號：______________（僅限抽獎核對身分使用）

職業：☐學生　☐軍公教　☐工　☐商　☐服務業

☐家管　☐自由業　☐其他

地址：☐☐☐☐☐ ______________

____

電話：（家）______________（公司）______________

手機：______________

e-mail：______________

☐我不願意收到皇冠文化集團的新書、活動edm或電子報。

●您所填寫之個人資料，依個人資料保護法之規定，本公司將對您的個人資料予以保密，並採取必要之安全措施以免資料外洩。本公司將使用您的個人資料建立讀者資料庫，做為寄送新書或活動相關資訊，以及與讀者連繫之用。您對於您的個人資料可隨時查詢、補充、更正，並得要求將您的個人資料刪除或停止使用。

皇冠60週年集點暨抽獎活動注意事項

1. 本活動僅限居住在台灣地區的讀者參加。皇冠文化集團和協力廠商、經銷商之所有員工及其親屬均不得參加本活動，否則如經查證屬實，即取消得獎資格，並應無條件繳回所有獎金和獎品。
2. 每位讀者兌換贈品的數量不限，但抽獎活動每位讀者以得一個獎項為限（以價值最高的獎品為準）。
3. 所有兌換贈品、抽獎獎品均不得要求更換、折兌現金或轉讓得獎資格。所有兌換贈品、抽獎獎品之規格、外觀均以實物為準，本公司保留更換其他贈品或獎品之權利。
4. 兌換贈品和參加抽獎的讀者請務必填寫真實姓名和正確聯絡資料，如填寫不實或資料不正確導致郵寄退件，即視同自動放棄兌換贈品，不再予以補寄；如本公司於得獎名單公佈後10日內無法聯絡上得獎者，即視同自動放棄得獎資格，本公司並得另行抽出得獎者遞補。
5. 60週年紀念大獎（獎金新台幣60萬元）之得獎者，須依法扣繳10%機會中獎所得稅。得獎者須本人親自至本公司領獎，並提供個人身分證明文件和相關購書發票（發票上須註明購買書名），經驗證無誤後方可領取獎金。無購書發票或發票上未註明購買書名者即視同自動放棄得獎資格，不得異議。
6. 抽獎活動之Deseno行李箱將由Deseno公司負責出貨，本公司無須另行徵求得獎者同意，即可將得獎者個人資料提供給Deseno公司寄送獎品。Deseno公司將於得獎名單公布後30個工作天內將獎品寄送至得獎者回函上所填寫之地址。
7. 讀者郵寄專用回函參加本活動須自行負擔郵資，如回函於郵寄過程中毀損或遺失，即喪失兌換贈品和參加抽獎的資格，本公司不會給予任何補償。
8. 兌換贈品均為限量之非賣品，受著作權法保護，嚴禁轉售。
9. 參加本活動之回函如所貼印花不足或填寫資料不全，即視同自動放棄兌換贈品和參加抽獎資格，本公司不會主動通知或退件。
10. 主辦單位保留修改本活動內容和辦法的權力。

寄件人：

地址：□□□□□

請貼郵票

10547 台北市敦化北路120巷50號

皇冠文化出版有限公司　收